추억의 길

추억의 길

ⓒ 박철한, 2024

초판 1쇄 발행 2024년 10월 10일

지은이   박철한
표지사진   박철한
펴낸이   이기봉
편집   좋은땅 편집팀
펴낸곳   도서출판 좋은땅
주소   서울특별시 마포구 양화로12길 26 지월드빌딩 (서교동 395-7)
전화   02)374-8616~7
팩스   02)374-8614
이메일   gworldbook@naver.com
홈페이지   www.g-world.co.kr

ISBN   979-11-388-3565-7 (03810)

추억의 길

박철한 지음

(예산군 예당호 문화광장에서)

좋은땅

안녕하세요?

금번 2024년 예술 창·제작 활동 지원을 통하여 뵙게 됨을 큰 영광으로 생각합니다.

2000년도 불의의 사고로 중도장애로 실직하였습니다. 그 후 문학 창작활동을 하게 되었습니다. 그쯤에 중, 고등학교 동창 '최동식' 친구와 매일 전화로 소통하였습니다. 수원에서 생활하면서 수시로 방문하는 고마운 친구입니다. 더욱이 자신의 차량을 손수 운전하며 국내 주요 관광지를 탐방하도록 재능 기부를 한 고마운 친구입니다. 이 기회를 빌려 그 친구에게 고마움을 표합니다.

그리고 군 생활 지역인 강릉과 동해 지역 탐방을 위하여 경비를 후원한 유일한 친형 박승한 님에게 큰 감사를 전합니다. 또한, 탐방 당일 안전 보행을 위해 안내에 힘써 주신 강릉시 사다리봉사단 김진문 단장님께 감사와 건승을 기원합니다.

고마움을 담은 '추억의 길'을 드립니다.

감사합니다.

2024년 여름

박철한

목차

제1장

일상의
경험

장마와 홍수는 단짝이다!

우리 고장은 전형적인 농촌지역이다. 홍성읍에서 비포장 길 양쪽으로 성인의 아름드리 둘레의 플라타너스, 나무 안내를 따라가면 갈산면에 이르게 된다. 이곳 상가 중간 부분에서 좌측 길로 약 5㎞ 진입하면 농촌 마을인 서부면에 도착한다. 이곳이 내가 태어나 성장한 곳이다.

봄철이면 대지의 초목이 푸릇한 새 옷으로 갈아입은 이파리가 바람결에 살랑살랑 흔들며 반긴다. 아마 79년 중학교에 막 입학한 때로 기억된다. 기나긴 겨우내 추운 바람 알몸으로 안고 서 있던 플라타너스가 새봄을 맞아 풍성한 이파리로 터널과 같이 하늘을 가린다. 간혹 긴 팔로 달리는 파란색 완행버스 투명유리 쓰다듬음에 볼이 간지럽다. 그 바람결에 길 밑에 고고한 자세로 서 있던 벼 포기가 반가움에 일제히 양팔 높이 들어 흔들며 달려오듯 환영한다.

6월의 어느 날이었다. 집에 도착하자, 갑자기 하늘이 갑자기 어두워졌다. 그 어둠이 집까지 삼켜 버리고 말았다. 얼마의 시간이 흘렀을까? 마치 하늘에서 실 줄기 내리는 듯 빗물이 빨랫줄에 널린 빨래를 검게 적시고 있다. 황급한 마음에 방에서 뛰어나가 빨래를 걷었다. 머리와 볼에 내리는 빗방울이 마치 바늘로 찌르듯 따끔거린다. 이 비가 장마철에는 집중호우가 된다. 이것이 농촌 지역의 자연재해다. 농촌의 자연재해는 이뿐 아니라 많다. 그러나 장마철의 집중호우와 태풍은 그 지역에 막대한 피해를 발생시키는 대표적인 재해라 말할 수 있다. 그러나 당시에는 일기예보 적중률이 매우 낮았다. 하여 세간에 '예보가 아닌 통보'라는 말이 성행했다. 그래서 피해가 컸던 것이다. 더욱이 바다에서 조업하는 어민은 더욱 위험하다. 그러하기에 일기예보에 관심이 많았다.

매년 장마는 늦봄이자 초여름의 6월 말경에 많았다. 그 후 약 한 달간 지속하였다. 그날에도 저녁이 되자 날이 더욱 어두워졌다. 다만 천장에 외롭게 대롱 걸린 30촉 백열전구만이 희미한 눈빛을 깜박이며 어둠을 밝히고 있었을 뿐이다. 이때 농촌의 주민은 일찍 자고 다음 날 일찍 일어나 일터로 나가는 게 습관이었다. 그래서 농부들을 부지런하다 평한다. 우리 가족도 일찍 잠이 들었다. 그러나 밤이 깊어지자 마치 군 생활에서 팀 스피리트 훈련에서 들리는 3인치 해안포 발사 소리와 같은 천둥소리가 어두운 적막을 깼다. 초저녁부터 슬레이트 지붕 때리는 빗소리를 먹어 버렸다. 그리고 단잠에 빠진 나의 고막을 강하게 울렸다. 깜짝 놀라 잠에서 깨었다. 그랬더니 곧바로 방 안의 검고 어두운 장막을 찢듯 뾰족한 번개 빛이 눈꺼풀을 뚫고 눈동자를 찌른다. 그래서 양손을 모아 눈을 가려 보기도 하였다. 두려운 마음에 급기야 덮고 있던 이불을 얼굴까지 끌어당겨 덮었다. 이렇게 그해 장마가 시작되었다. 이러한 여건에서 누구나 깊은 잠을 못 이룰 것이다. 나 또한 그러했다.

다음 날 밖에 들리는 걱정스러운 대화 소리에 눈을 떴다. 아침 햇살이 힘겹게 어슴푸레하게 창호지에 스밀 때 용변 목적으로 화장실에 가기 위하여 방문을 열고 나갔다. 아버지가 지방공무원의 박봉에 여덟 명의 식솔의 생계를 어렵게 연명하고 있었다. 그러하다 보니 앞마당에 흔하디흔한 콘크리트 포장을 못 하였다. 하여 45년 전 집을 지을 때 텃밭 흙을 퍼붓고 다진 그 상태를 유지하였다. 이곳에 어젯밤 비가 밤새 내렸으니 마당이 어떠했겠는가? 누구나 어렵지 않게 예측할 것이다. 맞다. 마당의 흙이 흠뻑 젖어 마치 갯벌같이 질척거림은 물론 완전 황토 진흙 밭이었다. 그래서 발을 디딜 때마다 발목까지 빠졌다. 마치 정든 임과 헤어질 때 가지 말라고 붙잡듯 신발을 붙잡는다. 뒷발을 앞으로 당길 때 맨발로 곤죽이 된 흙을 디뎌 발바닥에 흙투성이가 되는 일도 있었다. 그때 마당에 발을 조각한 양 깊은 웅덩이로 남아 따라오지 못하고 바닥에 붙박혀 있는 것을 바라보며 한 발 한 발 조심스럽게 내딛으며 간신히 등교를 하였다.

마침 우리 집에 두 대의 자전거가 있었다. 그중 한 대는 아버지의 출퇴근 전용이었다. 그리고 나머지 한 대는 세 살 위인 형의 등교에 활용되었다. 그렇다 하여 약 10㎞를 매일 보행으로 등하교할 수 없었다.

추억의 길

또한, 처음엔 지리도 몰랐다. 그래서 입학 후 몇 개월은 버스통학을 하였다.

등교를 위해 버스 정류소에 내려가자, 궁리마을 도로가 유실되었다는 연락이 전해졌다. 그곳이 해안지대의 사질토양이라 지반이 약한 모양이었다.

매년 장마철이면 연례행사와 같이 도로가 유실되었다. 즉, 상황리에서 나오는 버스 운행이 끊긴 것이다. 따라서 이곳의 통학생들은 약 5㎞를 걸어야 했다. 당연히 나도 포함이다. 걷다 보면 어제까지 도로 양쪽 논에 푸른 잎으로 반기던 벼 잎들이 모두 흙물에 잠겼다. 이것이 어느 한 집의 논뿐이 아니라 지나는 논의 벼가 거의 그랬다. 이로 말미암아 벼의 도열병 등 질병의 발생과 전이로 생육하지 못하는 2차적 피해로 연결된다. 이러한 정황을 헤치며 앞으로 나간다.

이때 두 가지 위험이 있다. 길을 따라 걷다 보면 큰 재를 두 곳 넘어야 한다. 그곳이 볏 고개와 교항리 고개이다. 그중 교항리 고개는 약 70도의 급경사이다. 그래서 이곳 팔부능선쯤 밭둑이 매년 유실된 황토가 도로에 높이 쌓인다. 당시 중학생 교복 상의가 청색이었다. 그리고 고등학교 형과 누나는 하얀색이었다. 질척이는 황토를 밟으며 조심조심 앞서 걷는 형과 누나들의 뒷모습이 마치 큰물을 피하는 흰개미 떼의 대이동 같았다. 나 또한 그 뒤를 어기적어기적 따랐다. 이렇게 정상에 오르면 반대쪽에 결성면과 갈산면 그리고 덕산면까지 흐르는 큰 하천 와룡천이 있다. 그래서 경사가 더 심하다. 따라서 매우 미끄럽다. 그러므로 간혹 미끄러져 넘어져 교복 엉덩이 떡 부치듯 황토가 붙는 낭패를 겪는 때도 있다. 이렇게 급경사의 고개를 넘으면 와룡교와 만나게 된다. 약 100m가량의 넓은 교량을 건너다 보면 홍수가 슬래브까지 올라올 때가 있다. 그때는 다리가 끊이지 않을까 하는 두려운 마음으로 건넜다. 그렇지 않은 날은 상류 지역 축사를 덮쳐 익사한 소와 돼지 그리고 염소 등의 사체가 네 다리를 들어 올리고 하늘을 향해 배를 드러낸 채 두둥실 떠 눈앞을 지난다. 그야말로 징그러울 뿐 아니라 흉물스럽기 그지없다. 그러나 물을 가득 먹어 배가 팽배한 가축 주검들이 발 앞 교량의 피어에 걸려 오도 가도 못한다. 그 모습을 보면서 수영 못 하는 나도 빠지면 저렇게 될 것이란 두려움이 앞서 발걸음이 무거웠다. 한마디로 공포 그 자체였다. 이렇게 힘들게 등교하여 수업을 마치게 되면 다시 되돌아가야 한다. 다행히 오후에는 물이 바다로 유입되어 와룡천의 수위가 낮아진 상태였다. 그러나 물의 흐름이 빨라 요란한 소리를 내며 흐름 또한 두려움이 일기 충분하였다.

더욱이 당시에는 경제적으로 어려운 시대였다. 하여 행정기관에서 피해 복구에 대한 예산지원이 없었던 것 같다. 또한, 건설장비의 보유 사례가 열악하였다. 그럼에도 피해가 발생하면, 억수같이 쏟아지는 빗속을 뚫고 주민이 모인다. 그중 한 아주머니는 머리에 수건을 두르고 양손으로 마대 포대 입구를 벌려 주었다. 종종 잡고 있던 한 손으로 이마에 흐르는 빗물을 팔뚝으로 훔친다. 그 옆에 밀짚모자를 머리에 쓴 아저씨가 삽으로 흙을 떠 입 벌린 주머니에 넣는 모습이 분주하다.

그리고 그것을 축으로 쌓아 그 뒤에 가래질로 흙을 메우느라 공중에서 삽날이 바쁘게 춤을 춘다. 이렇게 마을의 재난은 그 마을 주민의 부역을 통한 자체적 복구가 많았다. 이렇게 비기계적 인력 복구이기에 노력과 시간이 많이 필요하였다. 따라서 어느 때에는 약 1주일간 보행으로 등교한 것으로 기억한다.

그 후 결혼생활 2년이 지나던 때였다. 본가에서 읍 소재지로 분가하였다. 당시 경제적으로 녹록하지 못한 사정으로 사글세로 시작하였다. 마침 하천 인근에 알맞은 집이 있었다. 곧바로 임차계약을 완료하고 이사하자 장마철이 되었다. 출근하고자 대문을 나설 때였다. 지속적인 강우량에 이미 배수로 범람한 물로 무릎까지 가득하였다. 따라서 바지를 무릎까지 걷어 올리고 양발에 신은 검정 구두가 마치 저수지의 붕어가 물속에 유영하듯 큰길로 향하고 있었다.

하천 둑에 오를 때였다. 홍수의 황토 물은 이미 하천의 둑 높이까지 차 있었다. 그리고 물살에 떠밀려 온 나뭇가지와 각종 생활쓰레기가 뒤엉켜 물의 흐름 따라 넘실거리고 있었다. 그 광경을 보며 하천이 범람하면 어쩌나 하는 걱정이 앞서 불안한 마음이었다. 우리 고장은 오래전부터 물이 부족한 지역이다. 더욱이 식수까지 부족하여 인근 보령댐의 물을 사 먹는 현실이다. 그리고 여름 가뭄철에 농구까지 부족하다. 더욱이 농가의 자체적 관정을 통한 지하수로 논농사를 짓는 실태였다. 따라서 물난리는 없을 것이라고 자만한 심리에서 임차 계약

한 것에 대한 후회까지 다양한 감정 상태로 출근하였다.

그런데 그날 오후 퇴근을 하면서 아찔한 광경을 목격하게 되었다. 매일 출퇴근하며 하루 두 번씩 건너는 교각이 있다. 퇴근하여 교각을 건너려 발을 딛던 순간이었다. 그런데 며칠 지속적 내린 집중호우 유속에 교량의 원형 교각받침이 견디기 어려웠나 보다. 교량의 슬래브가 밀리는 듯 미세하게 흔들리고 있었다. 위험을 인지함과 동시에 겁에 질린 채 약 30m가량을 전력질주로 건넜다. 교각을 완전히 건너 뒤돌아 발밑 슬래브 끝을 내려다볼 때였다. 앗! 다리가 도로에서 떨어져 차츰차츰 간격이 넓어지고 있었다.

이곳은 인근 덕산면과 교류하는 최단거리의 도로이다. 따라서 통행차량이 많다. 교량이 유실된다면 큰 사고로 연결될 위험성이 높다는 생각을 하였다. 빠른 걸음으로 집에 도착하는 동시에 군청 건설과에 전언으로 이 사실을 알리고 교통통제와 안전상태 점검의 조치를 의뢰하였다. 이후 교량의 교체로 안전하게 통행하는 것을 보고 마음이 놓였다.

우리나라의 장마와 태풍은 매년 늦봄과 여름 피해가 많이 발생한다. 작년 여름으로 기억된다. 태양의 뜨거운 햇살 내리쬐는 무더위에 가로수도 견디기 어려운가 보다. 힘이 빠져 스러지지 않으려고 가지로 땅을 짚은 듯 늘어진 채 힘겹게 서 있는 어느 날이었다. 미니 책상 위에 놓인 전화기의 벨 소리가 거실 안 대기를 찢는 듯 요란하게 울렸다. 수화기를

추억의 길

들어 전화를 받아 보니 아버지께서 "며칠 전 장마로 재석이네와 우리 집 경계의 낡은 담장이 붕괴하였다."고 하셨다. 며칠 후 찾아뵈니 붕괴한 벽돌은 가지런히 정리되었다. 그런데 측량에 중독되신 듯 아버지께서 "이 기회에 경계 측량해야겠다." 하셨다. 그래서 나는 "이사나 매매 원인 없는 측량은 무의미한 땅에 금 그리기임"을 설명하고 반대 의견을 밝혔다. 결국, 아버지의 숙원인 측량을 조건으로 아랫집과 협의 후 담장 보수를 하는 이중의 경제적 부담이 발생하였다. 이렇게 장마로 말미암은 홍수의 피해는 개인적 또는 지역사회에 크고 작은 불편과 손해를 일으킨다. 따라서 피해를 막기 위하여 여러 방면으로 접근, 적극 예방의 노력이 필요하다. 오늘 우리 고장에 봄비라는 이름표를 가슴에 차고 주룩주룩 내리며 대지를 적시고 있다. 이 비는 농사에 단비가 확실하다. 그러나 앞으로 다가올 장마의 홍수와 태풍에 대한 대비를 통한 피해 없는 행복한 생활을 희망한다.

입대 하루 전 사고

우리 고장은 서해안 지역이기에 고졸까지는 대부분 방위를 복역함이 대부분이었다. 만약 현역으로 복무하고 싶으면 지원하여야 했다. 그러므로 현역 복무하는 선배들이 얼마 안 되었다. 그런데 나는 대학 졸업과 즉시 파란색으로 인쇄된 징병 영장이 집으로 날아왔다. 씁쓸한 마음으로 봉투를 뜯었다. 내용은 3월 18일 강원도 춘천 102 보충대로 집결하라는 간단한 명령문이었다. 그리고 12,000원 상당의 교통비 소액환이 접혀 있었던 것으로 기억된다. 우체국을 방문하여 교환한 현금으로 집에 얼른 방문하는 경비로 지출하며 3월 10일까지 동네 어르신들의 인사를 마쳤다.

그 후부터 1주일간 학교별 동창생들의 송별회로 코가 삐뚤어지도록 술독에 빠져 생활하였다. 그러던 중 인접 갈산면 동산리에 사는 중학교 1년 선배이자 대학 동창인 Y와 입영 동기임을 알게 되었다. 그래서 동반 입대의 상의를 목적으로 입대 하루 전 동기 집을 방문하기로 전화로 약속하였다.

다음 날 아침이 밝았다. 입대가 하루 앞으로 다가왔다. 그래서 아침을 먹는 둥 마는 둥 하고 버스 정류장에서 승차 기사님 옆 의자에 앉아 20여 분 이동하여 목적지에 도착하였다. 버스의 몸체가 커 정차하게 되면 차선 한 개를 차지하게 된다. 더욱이 버스의 앞문은 승차 문이다. 그런데 기사분의 배려인지 사고의 유발인지 알 수 없으나, 앞문을 열어 줌에 그곳으로 내렸다. 그 후 버스가 지나가게 기다리면 되거늘, 많은 이들이 기피하는 군대인데 입대가 그리 좋았던가? 아니면 그동안 누적된 주독 때문이었을까?

무엇이 그리 급하여 버스에서 내리기 무섭게 버스 앞쪽으로 이동하여 건널목을 건너고 있을 때였다. '픽~' 소리와 함께 누군가가 내 엉치뼈 부위를 강력하게 때리는 통증을 느낌과 동시에 내가 한 마리의 새가 되어 하늘을 나는 것을 느꼈다. 나의 목 밑으로 검은 도로가 쫓아오고 있었다.

그 짧은 시간 '이게 무슨 현상이지?' 생각하며, 버스 뒤쪽에서 진행을 위하여 정차한 버스를 추월하던 승용차가 나를 발견하지 못해 생긴 돌발 상황이었다. 충돌을 인지하고 가속이 붙은 사항에서는 측방낙법이 부상을 줄이는 최고의 방법임이 떠올랐다. 그 생각과 동시에 공중에서 몇 번 몸을 회전했더니, 반대쪽 차도 약 5m 지점에 떨어졌다. 이때 딱딱한 콘크리트 바닥에 신체 중 무게가 가장 많은 머리가 먼저 부딪쳤다면? 그리고 반대쪽의 도로에 진행 중인 차량이 있었다면 어떻게 되었을까? 아찔하였다.

이때가 나에게 두 번째 교통사고였다. *이번 사고는 버스에서 하차*

시 바쁘더라도 버스를 보내고 건널목을 건너야 했다. 나의 부주의를 자책하였지만, 이미 때는 늦었다. 새와 같이 공중을 나는 짧은 시간에 머리를 보호해야 한다는 생각과 동시에 몸이 반응하여 측방낙법에 성공하였다. 좌측의 팔과 다리 부분에 타박상을 입었다. 이 얼마나 다행스러운 일이 아닐 수 없었다. 즉시 일어나니 나를 받은 승용차의 조수석의 문이 안쪽으로 붙은 듯 나를 마주 보고 있었다. 즉시 P 정형외과로 후송되어 검사 결과 다행히 골절 없는 단순 타박상 진단을 받았다. 다음 날 입대하여 만기 전역하였다.

더위 사냥

햇볕이 뜨겁게 내리쬐는 여름의 어느 날!

순찰 나갔던 박 일병은 정동진 버스터미널을 지나 좌측에 형성된 솔밭의 상큼한 솔향 마시며 복귀하던 때였다. 하늘 위 나르는 독수리 한 마리의 시원한 그림자 모자 쓰고, 오솔길을 약 2㎞ 이동 중 여덟 명의 관광객을 만나 사십여 분 이동하게 되었다.

조금 전까지 하늘 날던 독수리가 더 갈 곳 없어 둥글게 원을 그리며 머리 위에서 배회하더니, 어느덧 육지의 끝에 도착하였다. 마치 넓은 푸른 바다 위에 솟은 큰 바위에 풍성했던 머리카락이 거친 바닷바람의 괴롭힘에 빠졌던가? 마치 대머리 촛대 같은 기암괴석들 등 뒤를 에워싸서 병풍같이 서 있음이 웅장하다. 더욱이 반가움에 양팔 벌려 안아 줌은 물론 발아래에서는 파도에 맞은 수많은 갯바위 모여 손뼉 치며 환영하였다. 그 틈 사이 얼룩무늬 국방색으로 화장한 성냥갑같이 네모난 초소가 어두운 얼굴 빼꼼히 내밀며 인사한다.

이곳은 지형으로 보아 매우 깊은 협곡 형태의 지형이다. 그래서 지역 주민들이 6.25 당시 전쟁 난 줄도 모르고 살았다는 말이 전해지는 심곡리이다. 좌측으로 두 개의 산봉리가 쌍봉을 이루어 한족에는 심곡분교장이 있으며, 맞은편 산봉우리에 20소초가 마주하고 있다. 지질은 암석이며 경사가 매우 가파르다. 소초에서 좌측으로 내려올 때 안전보행을 하여야 한다. 내려오면 바다와 연결된 계곡을 만난다. 매년 봄철이 되면 연어가 많이 찾아온다. 이곳을 건너면 10여 세대가 거주하는 마을의 유일한 슈퍼가 있다. 이곳에서 종종 소대 회식을 하였는데, 수색 중 채집한 자연산 전복과 소라 그리고 새우깡을 안주 삼아 마시던 경월소주 맛이 그립다.

20소초에서 우측으로 약 이백오십 개 계단을 만나게 된다. 그 계단은 지형에 따라 자유로운 높이로 가설되었다. 따라서 계단을 조심하여 내려와야 된다. 계단을 내려오자마자 일출의 태양열에 탄 숯같이 검은색의 자갈들이 체중에 가중된 발걸음에 밟혀 아프다는 아우성이 귓가에 가득 찬다.

저 멀리 수평선 넘어 부는 바람을 맞으며, 수없이 뒤집혀 멍든 파도가 발목 삼키려고 큰 입 벌려 달려든다. 이 파도의 입 벌려 큰 소리로 울부짖음 피하며, 마치 한겨울 빙판길 걷듯이 앞사람의 발자국을 따라 한 발, 한 발 나간다. 이렇게 걷다 보면 태양의 뜨거움에 놀라 도망하다 민간인 통제 칼날 철조망에 걸려 붉게 탄 구름이 빨리 오라며 바람결에 펄럭이는 손짓 따라 걷는다. 계단 밑 계곡을 발견하게 된다. 지역 특성상 기암괴석으로 이루어진 암벽 사이에 형성된 계곡이다.

이곳은 가뭄에도 마르지 않고 '졸~ 졸~ 졸~ 졸' 흐른다. 그래서 상류 깊은 웅덩이를 만들어 호수를 연결 초소에서 모터로 물을 끌어 소대원의 식수로 사용하였다. 그런데 한여름 가뭄이 되면 물 지게질로 떠다 먹던 그 시원함을 해마가 잊지 못한다.

또한 바다 쪽으로 갯바위가 자유롭게 바닷물에 떠 있다. 그 갯바위에 많은 소라와 보말 그리고 돌미역이 마치 인민군 잠수함의 잠망경인 양 자기 귀를 갯바위에 붙이고 넓은 잎을 수표로 올려 뭍의 소식을 관찰하고 있을 때였다. 파도의 교란 작전으로 전사한 돌미역이 파도에 밀려온다. 그중 신선도가 좋은 돌미역을 주워 넓은 잎을 제거한 줄기를 붉은 초장에 찍어 먹는 맛! 그러나 "아무리 좋다 하여 많이 먹으면 탈이 난다."라는 말이 있다. 많이 섭취하면 화장실 단골의 불편이 따르게 된다 하였다. 따라서 과식하지 말자.

이곳부터 계곡의 암석이 풍화작용으로 깎인 지역이다. 따라서 머리 보호를 위하여 안전모를 착용함이 좋다. 조금 걷다 보면 바다 쪽으로 보이는 것이 투구바위와 부채바위이다. 머리가 암석에 부딪침 조심하며 우측으로 이동하면 심곡항이 나온다. 위험성은 있지만 특이한 화석을 자세히 보기 위하여 되돌아간다.

어느덧 심곡리를 지나다 보니 발아래 몽돌들이 밟힌다. 이곳의 통문을 열고 산봉우리를 오른다. 이곳이 21소초이다. 강찬돌 상병의 안내가 이어진다. 소개에 이어 강찬돌 상병이 부동자세를 취하였다. 이어 "충~ 성!" 하는 인사에 이어 소개를 하였다.

이곳이 바로 조선시대 왕궁에서 바라볼 때 동쪽이라는 의미의 유명한 정동진이다. 이곳을 21소초의 전담지역이였다. 지금은 흔적도 없이 사라지고 그 자리에 선크루즈가 21세기 노아의 방주마냥 산봉우리에 걸려 있다. 왼쪽으로 내려다보면 약 600m의 백사장이 있다. 이곳에 매년 연말이 되면 해맞이를 위하여 많은 사람들이 방문한다.

뿐만 아니라 매년 여름이 되면 많은 청년들이 방문하는 해수욕장으로 유명하다. 뜨겁게 내리쬐는 태양 빛이 백사장의 반사열로 발바닥이 뜨거워 까치 발걸음으로 걷던 추억의 모래에 남겼던 청년들의 아우성이 귓가에 들리는 듯하다. 또한, 매년 12월 31일이 되면, 많으신 분들이 어두운 새벽 칼바람의 강추위 속에 반듯하게 서서, 해돋이를 바라보며 수많은 새해 소망을 바람에 실어 날리던 바로 그 백사장이다.

특히, 매년 겨울철이 되면 단오절(음력 5월 5일)이 되면 평화통일 기원을 실어 남대천에서 띄웠던 연등이 바다로 떠내려 온 듯 집어등 불빛 비춰 넓은 수평선을 밝히는 야경이 무척 아름답다. 젊은 초병의 마음을 설렘 일게 하기 충분하다. 설레는 마음으로 이곳에서 북쪽으로 이동하면 안인면이 나온다. 이 지역은 백사장으로 해수욕장으로 유명하다. 22, 23분초 경계 지역이지만 중간에 K-18공군과 중첩된다.

추억의 길

따라서 공군의 비행 훈련이 잦다. 야간 비행의 엔진의 소음이 단잠을 방해한다. 따라서 이곳은 피하는 것이 좋을 것이다.

지금까지 해안 군사지역으로 숨겨진 멋진 자연경관에 대한 설명이었다. 그러나 현재에도 일부 지역은 민간인 통제가 유지하는 곳이 있으니, 반드시 신분증을 지참하고, 특히 일몰 전까지는 통제선 밖으로 철수해야 한다는 사실을 잊지 말고, 꼭! 기억하자. 만일, 일몰 후 당일 암구호 수화를 못 하면, 경계병이 간첩으로 오인 사격하여 사랑의 큐피드 화살 대신 붉게 불타는 예광탄이 가슴에 날아와 팍! 팍! 팍! 박히는 불운의 주인공이 될 수도 있다.

국내에서 이렇게 아름다운 자연경관의 관광과 자연산 해산물의 맛을 공짜로 느낌은 물론 스릴감까지 제공하는 여행이 또 어디 있겠는가? 이 정도면 여름의 삼복 무더위도 확~ 날려 버릴 수 있는 최고의 장소라 확신한다.

이렇게 훌륭한 관광 상품을 개발, 개방을 통하여 국민에게 감상할 기회에 감사와 함께 지역경제의 성장과 발전을 응원한다.

이렇게 스릴 넘치며, 즐거운 추억 가득한 유쾌한 여행은 또 없을 것이다.

이것으로 해안 군사 작전역에 대한 안내를 마치고 다음 방문에는 더욱 많은 준비로 더욱더 좋은 안내를 약속한다.

아찔한 충격과 과제
[부산문학 36호 선정]

제대 후 고향인 농어촌 지역 홍성군의 소도시에서 생활하는 젊은 이가 있었다. 마침 직장생활을 하면서 은행과 우체국 그리고 보험회사 등 금융기관에 근무하던 친구와 선후배들이 많았다. 따라서 점심시간과 퇴근 시간에 맞추어 청약서를 들고 예고 없이 사무실에 방문하여 최소 24개월만 계약 유지해 달라면서 매달림은 물론 전형적인 영업 마케팅의 방법인 선물은 물론 술과 음식 대접으로 밀어 대는데, 관공서에 근무하던 입장에서 냉정하게 거절도 못 했다. 결국 5개사에 8종의 상품에 본세 대원이 4인으로 구성하여 청약한 총수량이 얼마나 되겠는가? 상상은 이 글을 읽는 사람의 자율에 맡기겠다. 그러나 문제는 계약 이후 보험증권이 우송될 때마다 전업주부인 아내가 먼저 받다 보니 그때마다 아내의 입에서 반복되는 말! 말! 말! "또 보험계약 했구나? 월급쟁이의 한정된 수입에 생활은 어떻게 하라고 자꾸 보험을 계약하는 거야!"라고 잔소리를 듣곤 하였다. 나는 그때마다 우매, 기죽어! 깽! 깨~ 깨~ 깽~ 신세였다.

이렇게 생활하던 중 지난 2000년 내가 불의의 교통사고 피해를 보아 척수손상의 중증장애우가 되어 직장에서 면직되었다. 가족의 도움도 없는 실태로 경제적으로 어려움을 겪고 있을 때, 아내의 잔소리를 들으며 계약 유지하던 보험이 6종 있었는데 상품별 보험금을 청구 및 받아 비록 다세대의 빌라이지만 내 집 마련 자금에도 보탬이 되었으며, 생계유지는 물론 자녀 양육 및 교육과 재활치료비 등에 큰 도움을 받아 생활하고 있다.

당시 우리나라에 38개사의 각종 보험회사가 운영되고 있으나, 계약자가 보험사고가 발생했다고 약관의 내용대로 보험금을 지급하는 경우가 많지 않은 현실이 아쉽다. 특히, 거액의 보험금은 대개 지급거절에 따라서 법정분쟁이 필연적이다. 따라서 보험계약자는 설계사와의 관계보다는 자신에게 필요한 담보를 선택함과 자신이 계약한 보험의 증권 내용을 이해할 수 있는 지혜의 눈이 필요한 것이다.

대한민국의 모든 국민이 설 연휴의 시작으로 행복감에 도취하여 있을 때가 2002년 01월 30일이었다.

당시 우리 가족은 10평 정도의 좁은 가옥을 임대하여 4식구가 생활하고 있었는데 피보험자인 아들이 막 보행을 시작하며 말썽을 부리기 시작할 때였다.

나는 불의의 사고로 경추손상의 불완전마비 상태로서 거동이 불편하여 내 관리도 못 하고 있는 실태에서 함께 놀아 주지 못함은 물론, 아내의 부업 일거리가 방 안 구석에 널려 있었다. 그런데 아내가 아이 목욕을 시키고자 물을 끓여 놓은 곳으로 아이가 뒤뚱뒤뚱 걷다 그곳에 넘어지면서 양손을 목욕물 속에 짚어 양손과 팔에 2도 화상을 입게 되는 불행스러운 일이 있었다. 깜짝 놀란 우리 부부가 물속에 엎드려 있는 아이를 꺼내었다. 양팔이 붉은색으로 변한 환부에 수돗물로 환부의 열기를 식히고, 소방관(구급 요원)의 도움으로 인근 종합병원을 찾았더니 대학병원에서 수술이 필요한 상태라며 응급처치를 받고 화상의 고통으로 울부짖는 어린 아들을 대학병원으로 전원하여 약 1개월간의 입원치료를 받으면서 다인실을 이용하니 지속해서 이어지는 통증과 환부의 소독과 주사접종으로 어린 아들이 얼마나 울었을까?

급기야 다른 환우와 보호자들이 너무 운다는 등 따가운 눈총과 면박을 견디다 못해 독실로 이전하고, 어린 나이에 장장 6시간에 걸친 변연절제술을 받고 3,000,000원가량의 치료비를 신용카드로 결제하고 퇴원하여 보험금을 청구하니 화상치료비, 수술비, 입원금 등의 보험금을 받아 갚았던 어려웠던 시간을 잊을 수 없다.

비록 현재 아들 양팔에 흉측한 흉터가 남아 있지만, 무사히 성장하여 현재 고등학교 삼학년으로 후유증 없이 학업에 열중하며, 좋아하는 축구부 활동도 열심히 하는 등 마음도 밝고 신체 건강하게 생활하고 있다. 한없이 귀엽고 고마우며 미안하기만 한 즈믄둥이가 어느덧 대학교를 졸업하고 공무원 임용준비를 하고 있다.

언제부터인가 아들이 "아빠, 나 공군 장교가 되고 싶은데 비행하면 수술부위가 넓어 터진다는데 공군은 못 가지 않나요?” 하는 말을 종종 들을 때마다, 부모의 부주의에 대한 죄책감이 앞섬은 물론 앞으로 흉터 제거수술을 해 줘야 하는 숙제에 대한 이중의 고통을 느낀다.

그래도 그때 화상 부위가 얼굴 부위가 아님에 감사할 따름!

생각만 하여도 아찔하지만, 다행이라고 위안으로 삼았다. 또한, 만약 보험과 인연이 없었다면 경제적 소득이 없었던 우리가 그 막중한 치료비를 어떻게 감당했겠는가?

따라서 우리 부부는 모두 감사하며 다행이라 생각하며 현재에 만족하며 생활하고 있다. 다만 앞에서 언급한 바와 같이 모든 보험회사에서 판매한 상품에 신의와 사랑의 실천을 기대하면서 맺는다.

때늦은 후회

나는 어려서부터 호기심도 많았고 등산을 무척 좋아하였다. 하여 산을 자주 찾았다. 마침 중학 시절부터 아버지께서 사용하시는 공기총이 있었기에 어느 날 호기심으로 그 총을 휴대하고 등산하다 보니 비둘기와 꿩 그리고 산토끼와 노루가 출현할 때 조준사격으로 하늘을 날던 산비둘기와 꿩이 땅에 퍽~ 떨어지는 소리, 그리고 들녘과 야산을 달리던 산토끼와 노루가 땅에 쓰러져 뒹구는 모습을 보고, 들으며 청소년기까지 사냥의 묘미와 즐거움을 느꼈다. 언제부터인지 소금을 휴대하여 포획된 새와 토끼 등을 현지에서 구워 먹던 중 아쉬움이 있기에 그다음부터 소주를 첨가한 즐거움을 즐겼다.

이후 성장하여 직장생활을 하면서 사냥은 시간관계상 못 하기에 낚시로 취미를 변경하였다. 3~4월은 민물고기들이 산란을 위하여 영양이 필요함에 눈에 보이는 대로 무엇이든 먹는 시기이다. 따라서 이때는 인근의 저수지를 찾아 민물낚시로 붕어와 메기 및 가물치 낚음을 즐기다 여름철부터 가을철까지는 서해 입지 조건에 따라서 가까운 바다를 찾아 우럭과 광어 그리고 놀라기와 망둥이를 낚으면서 그날 조과로 즉석에서 만들어진 회와 매운탕의 맛과 향을 즐겼다.

추억의 길

여기에 소주가 빠질 수 없었다.

이보다 좋은 천연 무공해 특산품 술상은 없을 것이다.

이후 산란철이 지나자 민물낚시의 조과가 떨어짐에 따라서 그동안 친목을 다지던 동호인과 바다낚시로 전향할 목적으로 수온측정이 필수였다.

때는 2000년 05월 28일!

마침 토요일이라서 업무를 마치고 일찍 퇴근하여 점심이 끝나자 동호인들이 방문했다. 인근의 태안 앞바다로 수온측정을 떠나자는 의견을 수용하여 1t 봉고에 6인이 합승 출발하였다.

현지에 도착하니 마침 많은 양의 바닷물이 빠져 있는 상태이기에 수온측정을 위하여 안쪽으로 들어가면서 숭어와 소라 그리고 홍합을 부수적으로 얻게 되었지만 아직은 수온이 낮아 바다낚시로 전향함에는 시기적으로 이르다는 점을 확인하고 철수하던 중이었다. 이동 중 차내에서 일부 동호인이 부수적으로 얻게 된 숭어와 소라 그리고 홍합을 먹자는 제안에 따라서 서산시 부석면 간월도리 바닷가에서 해산물을 씻고 준비된 부탄가스에 불을 붙이고, 물이 끓자 라면을 넣고 끓였다. 이렇게 끓인 라면을 나누며 시장한 배를 채우고 모두 승차하여 차내에서 잠을 자게 되었는데 온몸에 통증을 느끼어 깨어 보니 병원의 응급실에 누워 있는 현실을 알게 되었다.

그 후 지속하는 통증의 유발로 견디지 못하여 인근의 병원에서 하루 만에 대학병원의 응급실로 이송되어 정밀검사의 결과는 다음과 같이 손상부위가 넓었다.

- 신경외과 진단: 경추4 좌상, 척수 손상, 사지 마비, 앞면부 추상
- 내과 진단: 위막성 장염, 신경인성 장
- 비뇨기과 진단: 신경인성 방광
- 정형외과 진단: 좌넙적다리부 간부 골절
- 재활의학과 진단: 심부정맥 혈전, 좌측 발 욕창

이렇게 대학병원의 진단에 진단을 받고, 중환자실에서 신경외과 보존적 치료와 내과의 장염 치료를 받고 2000년 06월 08일 정형외과의 정복술 및 내고정술을 받고 깁스 이후 5개 발가락에 아린 통증이 지속할 때마다 잠시 의식이 회복되어 눈을 떠 보면 형광등의 조명 아래에 나란히 배치된 침대에 말없이 누워 있는 환자들이 확인되는 광경에 적막감과 놀라움이… 휴~

머리 위에는 마치 빨랫줄에 온 가족의 빨래가 걸려 있는 듯 10개 정도 되는 수량의 링겔 병의 투명한 관을 통하여 내 혈관을 향해 소리 없이 흐르게 하려고 설치된 거치대가 휠 정도의 매달린 시각적인 위압감을 느낌도 잠시 고통을 호소하다 혼절로 이어졌다. 코에는 유동식 제공을 위한 굵은 호스가 삽입됨은 물론 인공호흡기까지 장착되었으며, 배뇨를 위하여 요도에 폴리가 삽입된 상태로 그야말로 똥구멍

을 제외한 신체의 모든 구멍에 의료기구가 꼬여 있거나 연결한 상태로 생활하다 며칠 지나 폴리는 제거되었지만, 자연적인 배뇨를 할 수 없었기에 방광 천공법 폴리를 위하여 표피마취 후 방광을 천공할 때 그 고통은 이루 표현할 수 없는 고통이었다. 몸도 의지대로 움직이지도 못하는데 소변 팩을 아랫배에 묶은 상태로 재활 치료에 임하다 보니 간혹 비닐 팩이 터져 소변이 바닥에 흘려 치료실 안에 지린내를 풍겨 다른 환우분들의 눈총을 받기 일쑤였다. 더욱이 그동안 운동을 못함에 따라서 합병증으로 혈전이 2회 발생하여 헤파린과 와파린의 약물치료 목적으로 매일 8회씩 지정된 시간에 채혈하는 주사의 고통! 7개월 동안 혈전이 중점치료되었기에 현재까지 혈관이 잠식되었다. 이러한 고통은 어느 환우이든 치료과정에서 느끼는 공통된 점이지만 문제는 재활의학과로 전과되어 재활 치료를 받으면서 두 가지 개인적인 문제로 큰 고민을 하게 되었다.

- 첫 번째: 그동안 건강하였던 몸이 하루아침에 움직일 수 없는 상태임은 물론 소, 대변의 배뇨와 배변도 못 하는 상태가 되었다는 사실을 알게 되어 심적 충격을 받았다. 이 늪에서 벗어나기 위한 노력은 학창 시절 수학과 과학 시험문제보다 어려운 생존 숙제의 중량임이 분명하였다.
- 두 번째: 중증의 중도 장애우로서 경제활동을 못 함에 따른 가족들의 생계유지와 아이들의 교육에 대한 문제를 어떻게 풀어야 하는가?

치료를 받으면서 알게 된 사실이지만 사고 당일 해산물을 안주로 마신 술에 만취하여 차내에서 수면 중 차주의 주관적인 판단으로 운전하여 주행 도중 급커브 노선의 미인지로 전복된 사고였다. 차주 겸 운전자는 현장에서 사망하였다. 더욱이 가족이 영세민 세대였고, 사고 차량은 책임보험 차량이었다. 오 개월 입원치료 중 보험회사의 보험금(치료비)이 초과 예고를 받았다. 그래서 부족한 금액을 사재로 부담하였다. 이렇게 나에게 매우 불리한 여건이었다. 따라서 나름대로 퇴원을 마음먹었다. 그런데 한 손과 한 발로 간신히 보행하면서 어떻게 폴리를 휴대할까 깊은 고민에 빠지게 되었다.

궁리 끝에 방광에 천공 삽입한 폴리가 제거되어야 한다고 생각하였다. 그 후 시간 있을 때마다 배뇨 감각을 느낄 때마다 콕을 잠그는 연습을 지속하였다. 노력 끝에 폴리를 제거 후 칠 개월간의 입원 생활을 정리하고 퇴원하였다. 퇴원 즉시 생활 인근의 병·의원으로 전원, 재활 치료를 시작하였다. 현재까지 받은 결과 하지 근력이 강화되었다. 그로 인하여 쪼그려 앉은 자세로 독자적인 세수가 가능하였다. 그리고 보행할 때 착용하던 보조기를 벗고 비록 느린 속도이지만 보행하는 즐거운 효과를 얻었다. 앞으로 지팡이 없이 안정적이며, 독자적인 보행하는 것이 목표이다. 노력의 일환으로 외출할 때 비록 힘들고 피곤하지만, 자동차의 이용을 배제하고 걷는 것을 생활에 실천하고 있다. 뿐만 아니라 주변의 체육시설을 찾아 각종 운동기구를 활용하는 등 생활 재활에 노력하고 있다.

학창 시절 취득한 교원 자격으로 종합학원을 운영, 차세대에 희망을 주는 것이 꿈이었으나 술이라는 악연의 친구와 나의 잘못된 생활 습관으로 지체2급이라는 중도장애로 직장에서 의원면직되었다. 이후 비경제인으로 전락하여 꿈을 잃고 무미건조한 생활하던 중 독서를 통하여 다른 장애우들의 생활 실태 및 재활 생활을 엿볼 수 있는 여유로운 시간을 보내면서 미치 앨봄의 '모리와 함께한 화요일'을 읽었다. 삶의 목적에 대하여 깊이 생각할 수 있는 시간을 가진 것은 물론 가족의 소중함과 대인관계의 중요성에 깊이 생각하는 기회였다. 나도 이대로 주저앉을 수 없다는 결심을 하였다. 그동안 경험을 바탕으로 각 회사의 홍보 이벤트 글을 쓴 것이 기틀이 되어 지난 2016년에는 지필문학의 시 부문에 응모 당첨과 등단하였다. 그 후 마중문학, 문학의봄, 민들레장애인문학회의 필진으로 활동하면서 작품 발표를 하고 있음은 물론 평생교육센터 문예 강사로 등록 활동함은 물론 제7기 생활 공감 정책 참여단으로 지역사회 봉사활동에도 적극 참여 및 배움의 시간과 대인관계 형성에 노력하면서 즐거운 마음으로 생활하고 있다.

우리 모두가 알고 있듯이 때로는 술이 우리의 고통과 슬픔을 잊게 하여 주지만 나와 같이 절제력 없는 폭음은 누구나 받기 싫어하는 사망 또는 신체적 장애라는 선물을 주는 나쁜 친구임에 '음주운전은 매우 크지 말고 음주운전 차량에 절대 승차하지 말자!'는 뒤늦은 깨달음을 얻었다.

끝으로 사고 당시 아내가 임신 오 개월이었기에 아차 하였으면 유복자가 될 뻔한 우리 즈믄둥이 아들이 성장하여 국가장학재단 및 교내 장학금을 받으며 대학교에 입학하게 되었다. 그러나 그동안 홀로 어린 남매의 양육과 가내 수작업 부업으로 생계를 유지하던 아내가 급기야 뇌졸중으로 주저앉아 반신불수의 장애로 오 년째 재활 치료를 받고 있다. 아내의 빠른 회복과 딸이 준비하는 공무원시험 합격의 행운을 기원하는 마음으로 두서없는 이야기를 맺는다.

추억의 길

돈이 되었던 취미

아침이 되면 '오늘은 무슨 일을 하고 하루를 보낼까?' 하는 생각에 젖곤 하였다. 그렇다. 나는 불의의 사고로 인한 후유장애에 따라 권고 사직 실업자이다.

사고 당시 초등학교 1학년이던 맏딸이 어느덧 중학교에 입학하였을 때였다. EBS 학습 목적으로 인터넷을 가설하고 컴퓨터를 구입하였다. 그날부터 딸은 방송 시간에 맞추어 학습하였다. 그때 나 또한 무미건조한 생활에 소일거리를 찾고 있었다. 딸이 학습을 마치면 내가 구인 정보를 탐색하였다. 그러나 중증장애인인 나에게 맞는 일을 찾는 데 실패하였다. 그러던 중 당시 유행하던 회사의 홍보사업인 경품 행사 응모 사이트 아조와를 알게 되었다. 그곳에 올린 정보가 매우 많았다. 정보의 양에 업체 수도 비례하였다. 많은 정보 중 수기 공모에 중점 공략 응모하였다.

약 3개월이 지나자 하루에 세 건의 우편물이 배달되는 날이 많았다. 당첨 경품인 유가증권이었다. 응모 기간에 따라 당첨 경품이 비례로 증가하였다. 우편물을 받아 봉투를 뜯을 때마다 마치 젊은 시절 연애편지를 받는 듯 마음이 설렘은 물론 즐거웠다. 이렇게 수령한 경품을 되팔아 용돈을 주며, 밝게 웃는 어린 남매의 미소와 바꿨다.

그중 기억에 남는 일이 몇 가지 있었다. 한번은 인터넷 포털사인 야후 K 주관의 체험수기에 응모하여 대상에 선정되었다는 전화를 받았다. 며칠 후 지정 계좌로 1백만 원이 입금되었다. 첫 고료치고 결코 적은 금액이 아니었다. 마치 늦잠에 취하여 꿈을 꾸는 듯하였다.

이것이 활력을 얻는 계기였으며 매진하게 된 원인이었다.

뿐만 아니라 서비스가 세계 최고 항공사로 유명한 에어 F의 주관 이벤트에 응모하였다.

그 결과 유럽 다섯 개국을 여행할 수 있는 항공권에 당첨되었다.

그러나 신체적 여건으로 해외여행은 나에게 큰 모험이자 무리였다. 또한, 당시 경품의 소비자가격에 대하여 정확히 기억이 안 난다. 다만 당시 우리 가정 1년 생활비를 웃도는 금액이었다. 내 이야기를 듣던 아내가 토끼 눈으로 거실에 우두거니 서 바라보는 모습이 떠오른다. 그 소비자가격의 22%를 소득세로 납부해야 한다. 큰 부담이 아닐 수 없었다. 며칠을 고민 끝에 경품 수령을 포기하였다. (기타 소득은 매년 5월 홈택스를 통하여 종합소득 신고를 하면 환급받는 세법을 뒤늦게 알게 되었다) 초보 시절의 아픈 경험이다.

2008년을 기점으로 큰 경품을 내놓는 회사를 찾을 수 없었다. 정확한 원인은 알 수 없다. 아마 사업체의 지출에 비하여 홍보 효과가 낮음 때문 아닐까 조심스레 추측해 본다. 팔 년간 국세청에 세무 신고하면서 유지하였던 취미생활을 마무리하게 되었다.

그동안 유가증권으로 배부르던 책상 서랍이 십오 년째 비어 먼지가 가득 쌓여 있다.

대퇴골 내고정술
[한국민들레장애인문학협회 29호 선정]

오월의 넷째 주 토요일이었다. 내 나이 서른셋 생일을 삼 일 앞둔 날이었다. 낚시 동호인 두 명이 우리 집에 방문하였다. 바다낚시를 위하여 장비를 준비하여 태안으로 출발하였다. 바닷가에 도착하자, 짙은 어둠에 뽀얀 해무로 가득하였다. 휴대용 라이트 빛이 뚫지 못하여 바로 앞도 볼 수 없었다. 더욱이 봄비가 보슬보슬 내렸다. 내리는 비에 옷이 흠뻑 젖었다. 옷은 무거웠고, 온몸이 차가웠다. 이러한 악조건에 낚시는 무리한 욕심이었다. 모두 철수 준비에 부산하였다.

여러 사람들의 웅성거리는 음성이 들리면서 형광등 불빛이 나의 두 눈을 희뿌옇게 찔렀다. 눈을 떠 보니 지금은 폐업한 고려병원 응급실 침대에 내가 누워 있음을 발견하였다. 깜짝 놀라며 사고 났음을 인지하였다. 그와 동시에 간호사가 바로 옆에 있던 침대를 흰 시트로 덮더니 입구 쪽으로 밀고 갔다. 잠시 후 그 간호사가 내게 다가와 집 연락처를 묻기에 대답하였다.

다음 날 새벽부터 극심한 복통이 나를 괴롭혔다. 밀려드는 통증에 혼절하였다. 정신이 들 때마다 통증을 호소하자, 응급의가 "대학병원에서 정밀검사가 필요하다." 설명하였다. 날이 밝자 임신 오 개월인 아내를 보호자로 초등학교 일 학년 딸을 대동하여 사설 구급차를 이용해 천안의 D 대학병원으로 전원하였다. 이곳에서도 통증은 계속되었다. 반복되는 혼절 도중 눈을 뜨니 중환자실에 누워 있었다.

이곳에서는 발뒤꿈치 부분의 생살을 마치 예리한 칼날로 저미는 듯한 색다른 통증이 일었다. 알고 보니 넓적다리의 간부골절로 티타늄(Titanium) 재질의 긴 금속 핀을 뼛속 깊숙이 박은 반깁스 상태였다. 내 몸에 한 금속물 부착 또는 삽입은 치아관리 부실에 따른 크라운(Crown) 보철이 첫 번째였다. 이번이 두 번째이다. 혼절 중 수술실 마취예고는 기억이 난다. 그 후로는 기억나지 않는다. 아마 가족의 동의하에 응급 삽입술이 진행되었던 것으로 추정한다.

수술 후 중환자실로 다시 입실하였다. 발뒤꿈치의 통증이 연일 지속하였다. 하여 간호사에게 호소하였지만, 회진 시간에 주치의에게 전달하겠다는 말만 앵무새와 같이 되풀이하였다. 불특정 다발적인 혼절에 회진을 다녀갔는지 기억조차 나지 않는다. 3~4일 호소하여도 변함이 없었다. 급기야 매일 오전과 오후 일 회씩 운영되었다. 고통스러워하던 중, 병문 온 갈산중학교 동창이자 친구인 C와 J가 중환자실의 문을 열고 들어왔다. 친구들의 얼굴을 보자마자 기다렸다는 듯 내가 아파 죽겠다며 호소하며 다리의 붕대 해체를 요구하였다. 그 부탁에 두 친구의 얼굴에 난처하다는 표정을 지으며 서로 바라만 보고 있었다. 그러더니 약속이나 한 양 아무 말도 없이 뒤돌아 나갔다. 그때 얼마나 서운했는지 아직까지 기억이 생생하다. 그 뒤에 들어오신 아버지께 없었다. 그래서 아버지께 다시 반깁스 해체와 확인을 요구하였다.

첫날에는 치료방해 행위일 수 있다며 거부하셨다. 그다음 날에 다시 부탁드렸다. 그러자 아버지께서 "의료진에게 전달했는데 확인 없었느냐?" 물으셨다. "누구도 확인하지 않았다" 말씀드리며 빠른 해체를 촉구하였다. 마땅치 않으신 표정으로 좌측다리에 땡땡 두른 압박붕대 해체를 시작하셨다. 압박붕대가 한 꺼풀씩 풀리면서 피부에 시원함이 전해졌다. 반깁스를 떼어 내시더니 "이건 괴사 아냐?" 하는 아버지의 놀란 음성이 들렸다. 즉시 간호사를 호출해 확인시켰다. 잠시 시간이 지나자 수술한 정형외과팀이 찾아왔다. 상처 부위를 확인한 주치의가 "발목 부위 'ㄴ'자 형태의 틀이 뒤꿈치에 마찰하면서 욕창이 발생하였다"라고 설명하였다. 그 후 1일 1회씩 깁스를 해체하여 드레싱(Dressing) 처치 서비스를 받게 되었다. 며칠 후 재활의학과로 전과되면서 매일 욕창 부위 치료가 진행되었다. 화상과 욕창 부위는 마취 없는 치료였다. 침대에 엎어 놓고 한쪽 발에 의사 한 명씩 누른 상태에서 메스로 부식된 조직을 도려내는 처치였다. 그때의 고통은 경험 없으면 이해하기 어려울 것이다.

이러한 고통은 금속물이 나의 몸에 삽입되는 것에 거부인가? 그 후 무릎관절 부위 고정 핀 제거술을 받고 재활에 임하였다. 아직 긴 금속물이 뼛속에 남았다. 보행할 때마다 끝부분이 좌측 무릎관절 윗부분에 닿는 듯 툭! 툭! 툭! 울림이 뼈를 타고 귀에까지 전이되었다. 아프지는 않았지만, 왠지 불안하고 신경이 쓰였다. 이러한 내고정판이 있는 상태에서 충격을 받으면 분쇄골절로 이어진다. 따라서 제거가 좋았다. 기간은 삽입술 팔 개월 후가 적기라 기억된다. 그러나 퇴원한 상태에서 거동 불편으로 대중교통을 이용할 수 없었다. 그렇다고 장거리 택시를 이용하기에는 경제적 부담이 어려움으로 다가왔다. 그리하여 그의 열 배인 팔 년 동안 제거하지 못하였다.

마침 녹색교통운동에서 의료비 지원 약정의 고마운 소식을 받았다. 그런데 병간호비가 자부담이었다. 하여 인근 H 의료원 정형외과에 문의 결과 기간이 너무 오래되어 자신이 없다 하였다. 반면 인근 H 의원에서 제거에 자신이 있다 확답하였다. 곧바로 입원하여 제거 수술을 마치고 보름 후 퇴원했는데 갑자기 왼쪽 귀가 안 들렸다. 즉시 대학병원에서 역학조사 및 정밀검사를 한 결과 수술 후 필요약으로 사용되는 항생제 투여가 문제였다. 정맥으로 항생제를 투여해야 하는데 편의상 엉덩이에 근육주사를 사용한 것이 첫 번째 문제였으며, 1일 용량 초과 투여가 두 번째 문제라 하였다. 당시 엉덩이에 주사 시 좌측두부에 예리한 송곳으로 찌르는 통증을 호소하였다. 그러나 접종하던 간호조무사가 "어찌 엉덩이가 아니고 머리가 아프냐"며 웃어넘기던 모습이 떠오른다. 그때 두부 청신경에 물혹(종양)이 생성되는 전조증상임을 뒤늦게 알았다. 긴 세월에 비례하여 성장한 흔적을 12월 중 말끔히 지우고자, 세브란스병원에서 제거 수술을 마쳤다. 그 후 재발 유무 확인을 위하여 천안의 S 대학병원에서 MRI 촬용을 통한 추적 검사에 임하고 있다.

납입 예외

드넓은 해파랑 너울성 파도를 마주한 지 이십팔 개월이 지나 해파랑길을 따라 서해로 되돌아왔다. 마침 종합토지세 시행을 앞두고 있을 때였다. 지번과 지목별 면적과 과표 금액 그리고 소유자의 성명과 주소까지 전산 자료를 생성 입력하는 정책 사업이 시행되었다.

어느 날 아침이었다. 면사무소에 근무하는 동네 선배에게서 잠시 함께 일하자는 전화를 받고 일을 시작하였다. 당시 정부 기관에 근무자는 국민연금 가입 대상이 아니었다. 하여 약 2년 6개월간 미가입 상태였다. 이후 전직하면서 국민연금 제도를 알게 되었다. 당시 국민연금 가입 대상 업체의 기준이 상근 8인 이상으로 기억된다. 마침 우리 사무실에는 상근 두 명뿐이었다. 단독적 가입이 요원하였다. 하여 21개 시군 직원을 파견직 형태의 직제로 전환하여 어렵게 가입하여 인연이 시작되었다.

막 9년쯤 납부를 유지하던 때였다. 나에게 불행이 찾아왔다. 아니, 우리 가족의 불행이라 표현함이 옳을 것 같다. 왜냐하면 당시 나는 취미로 낚시를 즐기고 있었다. 마침 주말을 맞아 동호인들과 야간 낚시 출조하여 귀가 중 큰 교통사고가 발생하였다. 그 때문에 목등뼈 부위 신경 손상을 입고, 집중 재활치료를 받았음에도 '불완전 사지 마비 장애'가 남았다. 하여 직무 유지가 어렵다는 이유로 권고사직하면서 실직자라는 또 다른 두 번째 명찰을 차게 되었다.

정기적 수입이 끊인 상태에서 장기적 치료비와 간호비로 모았던 자금이 마치 썰물 빠지듯 모두 빠졌다. 남은 것은 달랑 일천몇백만 원의 임차계약서뿐이었다. 그동안 내던 국민연금의 장애연금을 받으면 생활이 한결 나아지라는 희망에 따라 구비서류를 준비, 청구하였다. 하늘도 무심하게 청구한 국민연금은 '장애연금은 사고 발생 24개월이 지나야 청구할 수 있다'는 규정을 이유로 기각되었다. 이러한 상황에 월 납부 금액은 비록 적었지만, 매월 우편으로 날아오는 국민연금 청구서가 마치 채무 추심자같이 느껴졌다. 심리적 부담감으로 봉투를 뜯기가 싫었다.

며칠 고민 끝에 전화 상담실에 전언으로 하소연하듯 실정을 설명하자, '납입 예외' 안내를 받았다. 동시 우송된 서식을 작성 팩스로 신청하였다. 아마 2년마다 10회 정도 연장하였던 것으로 기억한다. **누구나 부득이한 질병이나 사고로 장기적 입원 치료의 실직으로 수입이 끊기는 경우가 있을 수 있다. 이때 납입 예외라는 제도가 있다. 이러한 경우 지체하지 말고 해당 공단 및 지사에 전화 또는 인터넷을 통한 신고하여 심리적 고충의 완화되기를 바란다.**

삼 년 전 아르바이트를 시작하여 연금 납부 재개 신청을 통하여 매월 내고 있다. 어느덧 납입기간 10년이 지났으므로 노령연금 기준을 넘겼다. 다행이라 생각한다.

논술고사 동행

불현듯 11년 전 딸 단비의 대학논술고사 동행이 떠오른다. 대학교 입학하던 2010학번 시기에는 지원한 학교에서 벌이는 논술고사에 응시하여야 했다. 딸이 세 곳에 응모한 것으로 기억한다. 두 곳은 경기 지역이고, 한 곳은 대전이었다. 그래서 경기 지역은 가족이 동행하기로 하였다.

첫 번째 시험은 강남대학교였다. 거리 관계상 하루 전 용인의 허름한 모텔에서 하룻밤을 보냈다. 아침 일찍 택시를 이용하였다. 택시가 나선형 도로의 양쪽으로 우뚝 선 고목의 벚나무가 헝클어진 머리카락같이 휘어진 가지를 헤치며 앞으로 나갔다. 매년 봄이 되면 연분홍 꽃잎이 햇빛에 아름답게 반짝이던 것을 떠올린다. 잠시 후, 우리는 높은 산봉우리에 도착했다.

1월의 추운 칼바람이 가슴을 파고들었다. 발을 내딛자 앞에 녹색의 잔디가 우리를 맞이하였다. 정원의 푸른 소나무와 잔디로 눈과 마음마저 시원함을 얻었다. 곧바로 안내를 뒤따르며 주위를 둘러보니, 이곳 산비탈을 깎아 건축한 강의동과 체육관이 보였다. 그 밑으로 기숙사인 듯

한 건물 주위로 민가가 몰려 있었다. 곧바로 강의동의 로비로 들어가 설치된 온수기에서 따뜻한 커피로 몸을 녹였다. 건물의 형태를 보니 개교한 지 얼마 안 된 신설 학교 같았다. 장시간 기다림이 무료하여 아내에게 어린 아들을 맡기고 밖으로 나왔다. 다른 수험생의 가족들도 자녀가 시험 잘 보도록 기원하는 마음의 초조한 표정으로 강의동 주변을 서성이고 있었다. 지팡이에 의존해 오던 길을 반대로 내려가는데 경사가 심하여 현기증이 일었다. 되돌아와 강의동 주변을 서성이다 보니, 어느덧 시험을 마친 딸이 내려왔다. 우리는 내일 시험인 을지대학교 방문을 위하여 곧바로 택시에 몸을 실어 역으로 이동하였다. 그 후 성남에 도착하여 조그마한 모텔에 투숙하였다.

다음 날 아침에 을지대학교 캠퍼스를 방문하니, 이곳은 도심에 소재하였다. 이동에 편리하였다. 특히, 교문의 우측으로 간이매점 및 식당이 많았다. 합격하면 아르바이트 자리가 많겠다는 생각을 하며 교문에 들어섰다. 안내에 따라 우측 기숙사 복도로 들어갔다. 이곳이 학부모 대기 장소였다. 얼마의 시간이 지나자, 시험을 마친 딸이 나온 동시에 택시로 역에 와서 점심을 하였다. 열차를 이용하여 집에 도착하였다.

다음 날이 되자, 허리등뼈부 추간판 탈출증으로 허리가 약한 내가 무리하였는지, 요통으로 자리 보존하게 되었다. 그래서 대전의 배재대학교 논술고사에는 동행하지 못하였다.

시간이 지나 발표일이 되었다. 제일 먼저 시험을 본 강남대학교만 제외한 나머지 두 곳 모두 합격하였다. 전교에서 서울, 경기 지방 대학교에 합격한 8명의 이름이 인쇄된 현수막이 거리에 펄럭였다. 며칠 후 등록 고지서를 받았다. 학과는 유아교육학과로 통일 지원에 따라 등록금은 비슷하였다. 문제는 기숙사비로 역시 경기도 지역이 80% 이상 높았다. 이는 실직 이후 경제적 소득 없는 나에게 큰 부담으로 다가왔다. 딸 단비도 고맙게도 이에 순응하여 배재대학교를 선택하여 입학하였다.

병문안 중 생긴 일

아마 5, 6년 전 12월 초겨울로 기억이 된다. 일찍 저녁 식사를 마치고, 거실 소파에 앉아 조용히 독서하고 있을 때였다. 탁자 위에 앉아 조용히 단잠에 빠졌던 유선전화가 잠에서 깨어 '따르르~릉 따르르~릉' 울리는 소리가 거실을 거쳐 온 집 안의 공간을 흔들어 조용한 분위기를 산산이 깨었다.

내가 수화기를 들어 "여보세~요!"라고 받았는데, 상대측에서 "날~세! 잘 지냈는가?" 하는 친구이자 동창의 반가운 음성이 들렸다. 그의 집과 나의 본가가 500m 정도 떨어져 초등학교에서부터 고등학교까지 함께 다니며 놀던, 말수 적은 내성적인 성격의 친구였다. 길지 않은 대화를 유지하던 중, 수화기에서 "친구야! 우리 어머니 어쩌면 좋을까?" 그 친구가 힘없이 흐느끼는 물음의 목소리가 전해질 때 수화기의 조작 실수인지 전화가 끊겼다. 곧바로 다이얼을 돌려 그 친구에게 전화하였더니 친구가 '어머니의 소장이 괴사하여 90㎝ 절단 수술 마치고, 지금 S 대학병원에 입원 치료 중'이라 하였다. 내용을 듣는 순간 장남의 유교적 효의 무거운 책임 의식의 뉘앙스를 느꼈다. 그래서 곧바로 내일 병원에서 만날 것을 약속하고 전화를 끊고, 하루가 지난 다음 날 아침이 되었다.

보행 장애가 심한 상태로 홀로 여행은 불안하다며, 아내가 동행하는 조건으로 오전에 다녀오자며 부산하게 준비할 때였다. 전화가 걸려 옴에 받아 보니, 어제 그 친구임을 확인과 동시에 내가 "지금 출발한다!" 하였더니, 그 친구가 "이곳 부천이야!"라고 하였다. 그 순간 S 대학은 전국에 4개소의 법인 병원을 운영하는 슈퍼 재단임을 잊고, 생활 중 많이 이용하는 천안으로 생각한 선입견임을 깨달았으나 이미 늦었다. 그래서 친구에게 "전화 잘 줬어! 헛걸음 예방 고마워. 이따 현지에 도착하면 전화하마" 하고 전화를 끊고 열차 시간에 맞추어 이동하던 중 차 안에서 아내의 얼굴을 보니, 이곳에서 부천까지 노선이 없어 보행 장애인 나의 지하철 환승에 대한 아내의 근심이 가득 참을 확인할 수 있었다.

열차가 평택쯤 도착하였을까? 출발 전 하늘에 가득했던 먹구름이 터져 내리는 비가 달리는 차창의 눈물이 되어 흐르고 있었다. '가는 날이 장날'이란 속담이 떠오를 때 어느덧 열차가 목적지인 용산역에 도착하였다. *문제는 이곳에서 지하철 1호선으로 환승해야 하는데, 지하철의 승하차의 대기시간이 보행 장애가 심한 장애인들에게 너무 짧다는 생각에 몰두하며 탑승할 때였다. 비 내림에 탑승객이 휴대한 젖은 우산에서 떨어지는 빗방울로 전동차 바닥이 젖었음을 생각하지 못하고 승차한 것이 잘못이었다. 어느덧 객차의 중앙부에 서 있음을 인지하였다.*

좌석이 없기에 목적지까지 서서 가기 위해 안전봉을 찾아 이동하며 지팡이를 앞에 짚을 때였다. 그때 전동차가 출발하는 그 짧은 순간, 내가 짚고 있던 지팡이가 미끄러지면서, 전동차의 통로 중앙부로 내 몸이 쓰러지고 있음을 인식하면서 두 눈이 스스로 감겼다. 그 말고 다른 할 일이 없었다. 말 그대로 하늘에 맡기고 체념하는 것, 그 외에 나의 선택지는 없었다. 넘어지는 그 짧은 순간 나는 눈을 감았기에 그때부터는 볼 수 없었다.

다만 객차 바닥이 철 재질이기에 딱딱해야 하며, 그로 인하여 나의 몸에 통증이 일어야 하거늘, 웬일인지 바닥이 부드럽고 물컹하였으며, 은은한 향기까지 감도는 것을 느꼈다. 이에 눈을 화들짝 떠 보니, 나의 밑에 여대생으로 보이는 예쁜 아가씨가 마치 엄마가 젖먹이 아기를 안듯 나를 안고 바닥에 누워 있었다. 이때 민망함, 창피함 그리고 미안하고 고마운 다양한 감정으로 마음이 복잡하였다. 더욱이 동행하던 아내도 순식간에 벌어진 상황에 아무 행동도 취하지 못하고 우산만 한 손에 꼭 쥐고 내려다보며 우두커니 서 있었다.

만약 그 아가씨의 희생이 없었다면, 나는 객차의 바닥에 넘어지는 충격으로 오래전 상해로 골절된 대퇴부의 재골절 또는 팔의 골절 또는 안면부의 타박상 중 하나 이상의 상해로 고통스러운 수술과 고달픈 병원 생활을 하게 되었을 것이다. 아찔한 생각이 스친다. 그야말로 그녀는 천사였다. 이 고맙고 아름다운 아가씨에게 늦었지만, 지금이라도 따뜻한 점심 대접하며, 감사의 인사를 전하고 싶은 마음이다.

아주머니의 선행

홍주성을 앞으로 타원형으로 길게 에워싼 홍성천을 따라 석산 방면으로 우회하다 보면, 외곽도로 중간지점에 광경교를 만나게 되는데. 그 맞은편에 있는 홍성여자고등학교(전 홍성고등학교) 진입로의 사이 겨울철 이파리를 떨어뜨린 앙상한 나뭇가지를 붙인 것 같은 샛길을 따라 약 5분여 걷다 보면, 조선 시대 국공립학교(홍주향교)에 도착하게 된다. 이곳 향교를 중심으로 알파벳 Y 자형으로 형성되었는데, 좌측 길을 따라가면, 이른 봄철의 쑥스러움에 얼굴 붉히는 사과 과수원의 향긋한 만남으로 가슴 설렘 일고, 우측 길로 오르다 보면 지역에서 많이 이용하는 매봉재 등산의 가슴 벅참과 갈증 없애는 시원한 약수와 만날 수 있다. 나는 결혼 이후 조선 시대 관학 제도가 활발하였던 지방 유적인 홍주향교(국공립학교)가 소재하여 근대 교육기관과 현대교육 기관이 어우러진 고장에 30여 년 전 생활 터전을 잡았다. 그러니 이 고장의 원주민이나 다름없다고 생각한다.

나는 사고 이전부터 알파벳 Y 자의 중간 지점에서 생활하였다. 이후 매일 아침 기상하면 아내가 큰아이는 등교시키고, 작은아이를 유치원 등원시킨 이후 청소를 목적으로 나가 운동하고 오라며 등을 떠

밀곤 하였다. 그때마다 어제저녁 벗어 놓은 잠바 호주머니에 휴대전화기를 집어넣고 어깨에 걸친 후, 긴 밤을 쉬어 자세로 출입구에 수문장으로 서 있던 지팡이를 오른손으로 잡는다. 그와 동시에 어젯밤 아무것도 먹지 않아 배고픈 표정으로 큰 입 벌린 채 천장만 바라보는 운동화의 넓은 입안에 내 발을 욱여넣는다. 그다음 지팡이에 체중을 실어 한 발, 한 발 밖으로 나온다.

도청 이전지인 내포로 이전하여 텅 빈 홍성고등학교 너른 운동장에 사지 불완전마비 장애인 홀로 지팡이에 의존해 뒤뚱뒤뚱 걸으며 운동을 하고 있을 때였다. 단잠에서 깨어난 어린아이 옹알이하듯 멜로디가 들려왔다. 곧바로 잠바 호주머니 안에 있던 투지 휴대전화기를 꺼내어 마주 붙은 수화기를 한 일(一) 자 모양으로 열며 "여보세요!?" 하고 받아 보니, "오늘 장인데, 운동 삼아 함께 가자!"라는 아내의 낯익은 음성이 전해졌다. 전화를 끊고 약속장소인 홍성고등학교 교문 진입로에서 아내와 만나, 나는 지팡이에 의존하여 노인같이 어기적어기적 걸었다. 당시 아내는 건강하였다. 그래서 나의 보호자가 되어 건널목과 광경교를 함께 건너 오일장 입구에 도착하였다. 따뜻한 날씨에 장터 나들이객들이 몰렸는지, 딸기와 각종 과일이 아름다움과 달콤한 향에 매혹되었는지 옹기종기 모여 있었다.

나 또한 그 달콤한 향에 코가 잠식되어, 나와 같은 **중증장애인들은 대중 장소를 피해야 한다.**'는 상식까지 잊고 간신히 신체의 균형을 유지하면서, 눈요기하고 있을 때였다. *나의 등 뒤에서 미세한 움직임에* *이어, 잠바 오른쪽의 호주머니에 무엇인가 빠르게 들어왔다 나감을 감* *지하게 되었다. 이러면 누구나 깜짝 놀랄 것이다. 나 또한 대범하지 못* *한 사람이기에 곧바로 "뭐 하시는 겁니까?!" 하자, 60대의 아주머니가* *나의 앞으로 다가오면서 "많지 않으니, 받아 주세~요!" 하였다.* 나는 이 게 무슨 말인가 생각하며, 잠바 호주머니에 오른손을 넣어 보니 종이 같은 것이 짚이기에 꺼내어 보니, 푸른색의 지폐가 두 번 접혀 있었다. 이를 마비로 꼬부라진 반대쪽 손가락 사이에 물리어 펴 보니 2장을 모 아 접었음을 확인하는 짧은 순간, 이렇게 많은 사람이 모여 있는 열린 광장에서 어떠한 지원을 받은 경험이 없어 무척 당황스러웠다.

더욱이 저분도 필요한 물건 구매를 위하여 이른 아침 면 소재지에 서 버스를 타고 나온 분일 것이다. '내 어찌 일면식 없는 분에게 이리 큰돈을 받을 수 있나?'라는 생각과 동시에 얼굴을 올리니, 어느덧 아 주머니와의 거리가 멀어져 그 거리를 나의 걸음으로는 쫓아갈 수 없 었다. 이를 어떻게 하나 생각하고 있을 때였다. 저 앞에서 아주머니가 뒤돌아보며 "두 부부 멋있어서 드립니다! 맛있는 것 사 드세~요!"라는 말을 남기고 멀어져 가는 함박웃음의 따뜻한 얼굴을 바라보며, 말 못 할 감사의 묵례만 하였다. 최근 이웃 간에도 서로 소통이 없는 삭막한 세상에서, 이렇게 일면식 없는 행인에게 따뜻한 응원의 말과 지원은 아무나 할 수 있는 것이 아니라 생각된다. 곧 선행은 용기 있는 행동이 자, 마땅히 칭찬 받아야 할 사례이기에 공개한다.

인연의 그림자
[부산문학 31호 선정]

나에게 대학 생활부터 7년간 교제하던 여자 친구가 있었다. 그런데 취직과 동시에 어머니의 '결혼자금으로 아들 이름으로 우체국 적금 넣어 준다'는 약속을 믿고 월급 전액을 맡겼다. 용돈이 없었다. 그래서 만날 때마다 그녀가 식사와 커피를 사 주었다.

약 3년이 지난 추석 연휴가 시작되었다. 그녀와 약속이 있어 늦은 시간까지 함께하고 막차로 귀가하였다. 그런데 불도 켜지 않은 마루에 할머니 혼자 앉아 쪼그려 앉은 채 울고 계셨다.

알고 보니 어머니께서 전신마비 증세로 병원으로 후송되었단다. 즉시 의료원으로 달려갔다. 마침 검사가 끝났다. 그러나 응급의사가 지주막하 출혈이라며 대학병원으로 전원을 강력하게 권하였다. 그래서 택시로 천안 순천향대를 경유하여 연세대 병원에서 개두술을 받으셨다. 그때 아버지께서 병원비 도움을 청하시기에 어머니가 관리하고 있다고 말씀드리고 알아보았다. 약속과 달리 S 보험회사에 당신 명의로 적금을 유지하심을 발견하였다. 더욱이 보험회사 적금의 피보험자는 질병 등의 담보가 없다. 그래서 재활치료를 못 받으셔서 거동도 못 하시는 상태

로 퇴원하셨다.

당시 형은 멀리 부산에서 생활하고, 동생들은 군 복무 중이었다. 그래서 아버지와 나는 출근하고 68세의 할머니가 며느리 시중을 들게 되었다. 아버지께서 힘드실 때 나에게 "연애도 못 했냐!" 호통을 치셨지만, 그렇다고 거동을 못 하시는 어머니 봉양 문제로 혼전 동거를 제안할 수 없었다. 기다리던 어느 날! 전화하니, 그녀가 엉엉 울면서 "X폭력 피해로 몸이 더럽혀졌다! 앞으로 만나지 못한다!"라고 말하며 전화를 끊었다. 만남까지 거부하며 홀연히 부천 언니네로 떠났다. 나의 가정 여건에 따라 오지랖 좁게 그 칠년 간 긴 세월 그림자 되어 나를 따르던 여인의 상처와 고통을 외면하고 말았다.

다른 인연이 되어 부모님을 봉양하던 중 형의 귀향으로 2년 만에 분가하였다. 새로운 삶에 젖어 잊고 생활하던 중 대학 동기를 방문하여 그녀를 만났다며 '현재 개인택시 다섯 대를 운영하는 운수업자와 결혼하여 잘 생활하고 있다'는 이야기를 전해 듣고, 행복한 삶을 기원하며 생활하고 있었다. 그러나 어려운 생활을 겪을 때마다 나도 모르게 문득문득 생각이 떠오른다. 아직까지 아쉬운 마음이 지워지지 않았나 보다.

그러던 중 아내까지 뇌경색 후유증으로 인근 의료원에서 재활 치료받던 어느 봄날이었다. 아내가 병실에서 "십 분 정도 먼저 나가자." 하는 말에 지하 재활치료실 복도 의자에 아내와 나란히 앉아 대화하며 대기하던 중, 십 보 앞 엘리베이터의 문이 열림에 반사적으로 바라보았다. 이상기온의 탓인가 아직 4월이거늘 라일락꽃같이 소복한 미소 띤 중년여성이 시선을 고정하고 내 이름을 들리지 않게 반복적으로 시 읊조리듯 부르며 다가오고 있었다.

이십팔 년이란 넓은 시간의 강을 건너 만났다. 무척 반가웠다. 그러나 '중증의 장애인으로 변한 나의 모습을 직접 대면하고 얼마나 아팠을까?' 하는 생각이 들었다. 그리고 치료 중인 아내가 옆에 있는데 상처가 되지 않을까 걱정이 앞섰다. 짧은 시간 많은 생각으로 머리가 혼잡했다. 무엇보다 신체적으로 많이 변한 나 자신이 부끄러워 도망치고 싶은 나의 앞에서 자신의 생활을 열심히 브리핑을 하면서 "내 마음은 예전과 같은데 너는 왜 이래?"라는 물음을 던지고 떠났지!

그 후 2~3주 지났을까? 아르바이트하던 딸이 계단 이동 중 실족하였다. 응급 수술 목적으로 순천향대학교 부속병원에 입원한 첫날, 칼국수 먹고 싶다는 딸을 데리고 저녁 식사를 마치고 돌아오던 중 간호사의 호출 전화를 받은 딸이 링걸 거치대(이동식 폴 대)의 도로를 구르는 둥근 바퀴 소리를 남기며 멀어짐을 들으며 인도에서 상의 포켓에 있는 담배를 꺼낼 때였다. 가까이에서 "언니 왜 자리를 바꾸자고요?" 하는 젊은 아가씨의 볼멘 음성이 들리기에 머리를 들어 바라보았다. 약 5m 앞 택시 승차장에서 뒷자리에 먼저 탔던 여성이 밖으로 나오면서 "아가씨가 안쪽에 타세요!"라는 말을 하는 그녀의 얼굴을 마주하자, '중국 이솝우화의 첫사랑 실패 고통을 못 이겨 유체 이탈하여 첫사랑을 찾는 창녀가 내게 나타난 것인가?' 하는 착각과 동시에 놀라운 마음으로 아무 말 못 하고 바라보고 있었다. 그녀가 택시 문을 닫자마자, 나의 앞을 스치듯 지나는 택시를 아쉬운 마음에 강력한 시선으로 유리가 뚫어지라 보았으나, 짙은 일광욕을 뚫지 못하자 체념한 마음으로 피우는 희뿌연 담배 연기에 묻혀 눈앞에 아롱거렸다. 긴 기간 즐거운 추억의 수에 고통이 비례된다 하였던가? 그동안 추억 못 잊어 양자물리학의 기본원리로 끌어당김이 나의 오래된 습관일지라도 이렇게 부자연스럽고 경직된 만남을 기대하지 않았다. 또한, 그동안 반복적 상처에도, 현재까지 기억하고 외면하지 않고 다가오면 고맙다. 이제는 더는 아파하지 말고, 건강하고 행복이 가득한 삶을 기원한다.

반가운 친구의 기다림

나에게 반갑고 고마운 오래된 친구가 있다. 친구와의 관계를 설명하자면, 나는 군 제대 후, 본가 가까운 곳에서 2년간 근무하였던 첫 직장을 뒤로 전직하였다. 91년 당시 국가 복지정책의 초기 단계로서 직원의 복리후생제도가 소규모의 사업체와 일반인들에게 자율적 선택형 가입 체계였다. 더욱이 파견 형태의 복무 형태였다. 이러한 나쁜 조건을 이해하기 어려웠다. 따라서 직원의 고용 안정감과 소속감 고취를 위하여 복리후생제도 시행의 필요성을 수개월 동안 직원들에게 이해를 시켰다. 그 후 어렵사리 국민연금 및 고용보험과 인연을 맺게 되었다.

그 후 매월 부과된 보험료 총액의 절반은 사업자 부담, 나머지 절반의 부담금을 합한 금액을 매월 9년간 납부 유지하고 있었다. 새천년 시작으로 저마다 새로운 계획에 들뜬 마음으로 생활하였다.

어느 봄날이었다.

5월의 마지막 주 토요일, 당시에는 주 6일제 근무로 토요일 오후 1시까지 근무를 마치고 주말을 맞아 일찍 퇴근하였다. 나무 이파리 사이에 부서져 반짝이던 태양 빛도 검은 구름이 덮여 사라지고, 곧바로 추적추적 봄비가 내렸다, 자전거 페달을 힘차게 구르며 두 손으로 핸들을 이리저리 돌려 비 사이를 뚫고 퇴근하였다. 아내가 요리해 준 김치 빈대떡에 막걸리를 즐기고 있는데, 빈대떡의 구수한 향에 이끌렸는지 아래도급을 맡던 인쇄업자가 예고 없이 방문하였다. 서로 약속을 한 양 다른 친구까지 뒤를 따라 방문하여 막걸리 한 잔씩 나누더니 이구동성으로 비가 그쳤으니, 야간 바다낚시 가자는 제안을 했다. 태안에 도착하여 휴대용 라이트로 바다를 비추어 관찰하니 서해의 물때 계산의 오차였던가, 썰물이 진행된 상태여서 낚시는 포기하고, 2인 1조로 썰물의 뒤에서 휴대용 라이트로 발밑을 비추며 따라갔다. 미처 물을 따라가지 못한 망둥이와 소라 그리고 낙지를 보면서 준비한 어망에 담는 재미에 젖어 시장함도 잊었다.

얼마의 시간이 흘렀을까? 그쳤던 봄비가 다시 내림에 함께한 다섯 명이 1t 봉고 타우너에 동승하여 철수하는데, 수확한 어획량을 보면서 시장기가 밀려왔던지, 시간이 늦었으니 현지에서 먹고 가자는 제안을 했다. 어느 마을의 마을회관 앞 가로등 밑에 봉고를 주차하여 지붕 삼아 뒷문을 들어 올리고, 휴대하고 다니는 코펠에 물을 담아 불붙은 버너에 올려놓고 둘러앉아 야식으로 라면도 나누어 먹고 소라와 굴을 구워 맛있게 먹고, 조수석에 승차하여 지리를 안내하다가 차내 히터의 따스함의 포만감과 반주의 취기에 단잠에 빠졌다. 갑자기 무슨 문제인지 지금도 알 수 없으나, 운행 중 뒷좌석 미스터 한과 운전사의 다툼을 인지해 잠시 깨어 중재하고, 본가 인근 마을 친구네 집 앞에서 다시 단잠에 빠졌다.

얼마의 시간이 흘렀을까? 온몸을 바늘로 찌르는 통증에 깨어 보니, 하얀 벽에 기다란 회색 형광등 불빛이 천장에서 내려다보는 응급실 침대에 누워 있으며, 임신 5개월인 아내가 보조 침대에 앉아 걱정스러운 얼굴로 나를 바라보고 있음을 확인했다. 반복되는 실신 상태에서 의식을 찾을 때마다 몇 마디 나누던 대화 중에, 온종일 오락가락 비 내리는 날을 '호랑이 장가가는 날'이라고 하던 어른들의 말과 같이 지속해서 내린 봄비로 도로가 축축하게 젖어 미끄러움과 짙은 안개로 가시거리가 짧은 악조건에서 커브에서 좌회전 중 전복되었으며, 책임보험 가입 상태로 운행하던 중 차주 겸 운전자는 현장에서 사망하였다는 출장 나온 담당 경찰과의 대화가 기억난다. 진통제 투여에도 지속하는 고통에 시달리다 호소하며 혼절과 의식 찾음을 반복함에 대학병원으로 전원하여 정밀검사 결과 넓적다리부 골절에 따른 두 번의 수술과 경추4 좌상에 따른 불완전 사지마비 진단으로 7개월간 입원 재활 치료 후 장애의 잔존으로 업무 수행의 어려움을 이유로 권고사직하고 경제적 수입이 끊긴 상태에서 그 시간을 어떻게 지냈을까? 되돌아보면 나 자신도 블랙홀에 빨려드는 듯 암울에 젖는 느낌이다.

사고 당시 나의 나이가 서른세 살이었으니, 몇 년 동안 나는 형제들도 군에서 제대하여 제자리 찾기에 바빴으며, 하급 지방공무원으로 근무하셨던 아버지의 질병 관계로 퇴직금을 일시금으로 수령해 치료비로 지출했다. 여력이 없다는 설명을 들은 아내가 그동안 얼마 되지 않던 적금을 해약하여 대학병원 치료비와 생계유지 목적으로 중도 해지하여 지출하였고, 퇴원 후 유동자산은 전세보증금과 연금밖에 없었다. 사고 당시 태중 5개월이던 아기 아들이 태어나 방바닥에 누워 낮잠 자다 배곯음 이기지 못하여 깨어 울부짖는 현실이었다. 가해 가족의 가장이 뇌경색의 환우여서 기초생활 수급(영세민)으로 생활하다 사고 후 책임의 부담감으로 도피성 이사함에 따라 민사소송의 승산 없음을 인지하고 다급함 때문에 경솔하게 합의한 소액의 책임보험금으로 근근이 1년의 세월을 보내던 중 어렵게 매월 내 왔던 **국민연금 장애연금을 신청하여 2급으로 지정된 후 납부 유지 기간과 적립금액이 적음에 풍족한 금액은 아니지만, 현재까지 매월 25일이 되면 지정계좌로 찾아와 생활의 활력을 주고 있다. 이보다 반가운 친구가 있을까?**

　오늘도 고마운 친구의 방문이 기다려진다.

의료서비스의 희망
[부산문학 35호 선정]

어느 날 갑자기 공무원 수험 준비하는 딸이 다리에 힘이 없어 자리에서 못 일어난다며 호소하였다. 인근 H 의료원 응급실에서 정밀검사 결과를 설명하던 주치의가 "이곳에서 치료하실래요, 아니면 대학병원에서 치료하실래요?" 묻는다. 그 순간 5년 전 아내가 주저앉았을 때 이곳에서 검사로 시간을 낭비하고, 그 후 대학병원으로 후송하라 했던 생각이 떠올랐다. 그러나 오늘은 어린 딸의 자가 진단 오류로 황금 시간을 놓쳤고 늦게 왔음을 인정하며, 마음을 안정시켰다. 마침 그 순간 나의 뇌에서 '뇌경색도 전염성 질병이었던가? 아니면 부부 장애인 부모와 생활하며 2년간 수험 준비의 스트레스가 컸던가?' 자문하고 있었다. 그와 동시에 '이제 와 원인이 뭐 중요하지? 앞으로 마비의 회복에 중점을 두고 치료에 임하자!'라고 마음을 가다듬었다. 흰색 시트 위에 누운 딸의 침대의 바퀴 구르는 소리를 따라 엘리베이터를 이용, 배정된 3층의 5인실에 입원하였다. *병실에서 안정하며 경구용 혈압약을 복용한 상태에서 정기적 혈압 측정을 하자 혈압 수치가 186~190을 유지됨이 확인되었으나, 약물 효과의 시간이 걸리는 경구제의 수량만 증가 투약하고 있었다. 병실에 방문한 간호사에게 보호인으로서 우리 딸에게는 경구제의 약효가 없는 듯하니, 수용제로 변경 투여를 제안하였다.*

그 즉시 담당 간호사가 "지금 보호자께서 오더합니까?"라는 이해 불가한 반박을 하였다. 이에 황당한 내가 "이보세요! 당신은 생활 중 마트를 자주 이용하죠?" 물었다. 그러자 간호사가 "예" 답변함에 내가 "그럼 그때 마트에 가만히 서 주인이 집어 주는 상품을 아무 말 없이 받아 들고 옵니까?" 물었다. 간호사가 "어떻게 그것과 이것이 같습니까?" 입을 삐쭉하면서 항변하기에 내가 "마트에서나 이곳에서나 법률적 권리가 다를 수 없어요! 다만 의학 정보나 용어의 특수성은 인정해요. 그렇다고 정보 유통이 활발한 현대에는 옛날과 달리 의학 정보가 의료인에게 국한된 고유의 지식에서 벗어난 지 오래되었다 할 수 있지요. 따라서 환우나 그의 가족이 치료 방법과 종류를 알고 있으면, 높은 치료 효과를 위하여 가족이 치료제를 선택 또는 변경을 제안할 권리가 있지 않나요?" 물었더니 간호사가 대답도 없이 병실 출입문 쪽으로 향해 나갔다.

며칠 후 같은 병실의 창가에 연로하신 여성 환우 한 분이 식사를 못 하시는지 혈관에 흰색 영양제가 투여됨에도 옆에서 간호인이 수저로 입에 열심히 음식 제공하는 것을 목격한 내가 옆에 서 있던 딸에게 "혈관으로 링거형 영양 공급하는 것은 요인은 모르나, 식욕부진 또는 삼킴장애는 수일 식사를 못 하면 처방되는 식사 대용제이기에 식사는 생략되어야 상식이다."라고 우려 섞인 지적의 말을 나도 모르게 하였다. 창가의 환우 상태를 확인하던 간호사가 이 말을 들었는지 "이분은 암 환자입니다"라고 대응하였다.

그래서 대화의 폭을 넓히고자 하였더니, 옆에 있던 딸의 만류로 대화를 접고, 간호인의 천국인 병실의 불편에 따라서, 우리가 옆 병실로 옮긴 다음 날 아침이었다. 갑자기 병실 앞 간호사 데스크가 부산함에 깨어 양 귀를 쫑긋 세워 듣자 하니, 전 병실의 '암 환우분께서 의식을 잃어 확인 결과 운명하셨다. 초음파 검사에서 기도에 밥알들이 발견되었다'는 간호사들의 이야기를 듣고, 딸에게 내가 "그 봐라, 그분은 삼킴장애로 식사를 못 하셨음이 간접 입증된 게 아니겠니? 만약 어제 입에 음식을 제공하지 않았다면, 기도를 막아 질식하는 극단적 사항은 피할 수 있지 않았을까?" 표현하자 딸이 간호사 데스크와 마주한 출입문을 바라보며, "아빠! 다 들려요~" 하며 말문을 막았다.

　　이렇게 전문인으로 자부하는 그들에게 호전이 없는 암 환자라 하여 이렇게 내버려둠으로 사망에 이르게 함이 그분들의 고통을 없애는 배려일까? 아니면 정당한 업무 수행일까? 조용히 나 자신에게 자문을 걸어 본다.

　　마지막으로 환우들이 혈관주사를 맞다 보면 여러 이유로 혈관이 안 보이는 환우들이 많다. 이때 어떤 간호사는 "혈관이 없네요!" 하는데, 그렇다면 혈관 없이 생명이 유지된다는 새로운 학설이 있다는 것인가? 물론 혈관 찾는 것도 기술이라서 못 찾는 자신의 단점 방어기제가 필요하다 인정한다. 그렇다고 인명을 다루는 곳에서 이 작은 자신의 잘못을 덮음에 혈안이 되어서 어찌 신뢰가 조성되겠는가? *질병과*

사고로 고통 받는 환우나 보호인을 자신들의 지시에 복종하는 대상으로 생각하는가? 그렇지 않다면 환우나 보호인도 자신들과 같은 지식공동체로 인정하고, 만약, 자격지심이라면 전문 지식이나 기술을 꾸준하게 연구, 학습하여 자기 성장 발전에 최선의 노력을 함이 바람직한 자세 아닐까?

약 3개월간 입원 및 통원치료로 마비의 기능은 회복되었으나, 당뇨의 측정과 약물치료와 쇠퇴한 근력 회복을 위한 재활 치료를 마치고, 오늘도 모녀가 탑승한 콜택시가 뿌옇게 덮인 미세먼지를 가르며, 희망의 아침 햇살을 쫓아 힘차게 앞으로 나가고 있다.

일진 사나운 날
[제26회 민들레 문학상 장려상]

　　수개월 전부터 갑자기 어지러움 증세가 발생하였는데, D 대학병원에서 뇌종양 진단을 받았다. 수술을 위하여 서울의 Y 대학병원 대학병원에 가게 되었다. 대학교 졸업 및 병역과 취업 문제의 고민이 많은 아들이 동행하기로 하였다. 고마운 마음으로 삼 일 전 실시한 코로나 CPR 검사를 마쳤다. 검사 결과 음성 판정 문자를 받았다. 이제 출발만 하면 된다. 점심 식사 후 소파에 앉아 책을 읽으며 예약 시간을 기다린다. 화장실을 가려고 일어서자 갑자기 어지럽고 얼굴에 식은땀이 흘렀다. 긴장감 때문에 그런가? 약품을 복용하고 삼십여 분 안정을 취하였다. 열차 예약 시간 사십여 분 전 택시를 불렀다. 택시가 도착함과 동시에 나는 조수석에 그리고 아들은 뒷좌석에 승차하였다. 우리를 태운 택시는 아내를 뒤에 남기고 좁은 이면도로에서 홍성여자고등학교 교문 방향으로 출발하였다. 외곽도로에 진입하였다. 도로 양쪽에 작년 가을에 잎을 떨군 가로수가 서서 수술 잘 받고 오라며 양팔을 하늘 높이 들어 흔들며 응원하였다. 홍성의 사 층 방면으로 세 곳의 버스 정거장을 지나, 홍성역에 도착하였다.

　　개찰구를 통과하고 엘리베이터를 이용해서 지하로 내려갔다. 신축한 지 4~5년 되었을까? 일부분 천장 부분에서 누수로 대리석 바닥이 물에 흥건하게 젖었다. 물에 젖은 대리석 바닥에 지팡이의 고무 패킹이 닿으면 그대로 미끄러질 위험이 크다. 하여 수분이 없는 곳을 골라 짚으며 약 100m가량 지하도를 이동하였다. 끝부분 계단 통로로 힘을 잃은 듯 45도 비스듬하게 들어오는 햇빛이 희끄무레하게 들어왔다. 우리는 옆의 엘리베이터를 이용해 지상 플랫폼으로 올라왔다. 열차 예매 시간보다 여유롭게 도착하였다. 기다란 플랫폼이 설치된 나무 좌석에 어깨를 나란히 한 채 앉았다. 목덜미 부위가 뻐근하기에 머리를 들어 하늘을 올려다보았다. 갑자기 머리 위의 지붕이 빙글빙글 돌았다. 어지러워 잠시 머리를 숙이자, 이제 바닥의 보도블록이 100m 달리듯 마구 달렸다. 그때 스피커에서 5분 후에 열차가 도착 예정이라는 안내 방송이 흘러나왔다. 때맞추어 멀미하듯 점심 식사한 것이 역류하려 한다. 곧바로 목구멍을 통과해서 입 밖으로 방출하였다. 토사물로 바닥을 흥건하게 적시었다. 또한, 그 토사물이 양쪽 발 사이에 축축하게 쌓였다. 더는 앉아 있을 수 없을 정도로 괴로웠다. 즉시 아들에게 예약한 열차 취소를 하라고 하고, 나는 119구급대에 전화로 구급 요청을 하였다.

잠시 후 아들이 취소한 새마을호 열차가 겨울잠에 취한 칼바람을 일으키며 도착 후 서울을 향해 출발하였다. 이는 바람이 날카로운 면도칼이 되어 얼굴을 베이는 듯한 통증이 일었다. 그때 오른손으로 잡고 있던 손전화기 멜로디가 울렸다. 받아 보니 위치 확인 목적의 119

구급대원의 전화였다. 어지러움에 고통 받고 있는데 짧은 통화였지만 전화 받기가 어려웠다. 그래서 나도 모르게 송수화기에 입을 대고 "GPS 안내 서비스를 받지 굳이 전화 확인이 필요한가?" 하며 짜증 섞인 표현을 했다. 곧바로 황색의 유니폼을 입은 남성 두 명과 여성 두 명의 구급대원이 의자형 침대를 밀며 도착하였다. 얼굴을 마주하니 조금 전 짜증을 낸 점이 미안하였다. 곧바로 남성 구급대원의 부축을 받아 이동식 침대에 눕혀졌다. 그 후 한 남성 구급대원이 신체의 압박 해제를 위하여 허리띠를 풀고 운동화까지 벗기어 검정 비닐에 넣어 보관하라며 아들에게 전달하였다. 그와 동시에 한 젊은 여성 구급대원이 체온계와 혈압계로 바이탈 지수를 측정하며 간단한 내용의 질문으로 멘탈 상태를 확인하였다. 그리고 일지에 기록하였다. 문진이 끝난 후 내가 "서울의 대학병원에 진료 예약되었는데 어떻게 하면 좋은가?" 물었더니, 구급대원이 "구급 환자는 가까운 병원 응급실에 후송합니다."라고 대답하였다. 그와 동시에 남성 구급대원이 침대 상태에서 의자로 조작하였다. 두 명의 남성 구급대원이 등 뒤에서 밀자, 플랫폼의 보도블록을 구르는 요란한 의자 바퀴 소리가 우측 귀를 괴롭혔다. 즉각 구급차로 인근 응급실로 이송되었다.

　　응급실에 도착하자, 간호사의 세부적 문진 이후 혈액 채취 및 수액이 접종되었다. 원인 파악을 위해 즉시 CT와 MRI의 방사선 검사가 이루어졌다. 아뿔싸! 검사 도중 이물질이 역류하려는 듯 목구멍을 자극하였다. 자칫하면 고가 의료 장비에 구토할 것 같았다. 그래서 다급한 음성으로 "미안하였지만, 빨리 비닐봉지 좀 주세~요!" 하며 요구하였다. 그곳에 1/3가량 구토하였다. 그때 방사선 검사의 한 명이 "왜 이렇지?" 하는 말이 내 귀에 들렸다. 만약 검사 중 기계에다 구토하였다면 더욱 심한 말을 하였겠다 싶어 그러지 않아 다행이라는 생각으로 나 자신을 위로하며 검사를 마쳤다. 검사 결과 이상 소견이 없었다. 따라서 이비인후과로 전과되었다. 진료 후 처방하더니, 걷지도 못하는데 귀가하라 한다. 그래서 연세대 예약 문제를 문의하였더니, 진료과장이 가는 교통이 문제일 뿐이라 하였다. 1층 로비로 내려왔다. 어느덧 일몰 시간이 되어 창밖은 땅거미가 내려 어둠에 젖었다. 어둠을 지우려고 실내 천장에 매달린 눈빛 잃은 듯한 백열전구가 흐리멍덩하게 내려다보고 있었다. 어느덧 연세대학병원의 진료 예약 시간이 되었다. 전화로 상황 설명하였더니, 삼십 대량의 중후한 음성의 담당 간호사가 늦어도 좋으니까 입원하라고 하였다. 곧바로 129 사설 이송을 문의하니 25만 원을 요구하였다. 그래서 택시를 호출하자 10여 분 후 호출 밴이 도착하였다.

가격 협상도 없이 승차와 동시에 출발하였다. 약 한 시간가량 이동하여 용남 터널을 절반 정도 서행으로 이동 중이었다. 갑자기 자동차가 부딪히는 충격에 의한 의자의 진동이 느껴졌다. 그래서 기사분에게 "뒤 차량의 접촉 진동 있었으니, 확인이 필요합니다." 하자, 기사분이 즉시 정차하여 확인 결과 "접촉으로 뒤 범퍼가 깨졌군요."라며 가해자 연락처 받아온다고 잠시 기다리라 하였다. 다행히 우리 모두 다친 곳은 없는 것 같았다.

이렇게 험난한 하루를 보내면서 두 가지 생각에 젖었다.

첫 번째는 '만약 가족이 없었다면 어떻게 나 홀로 난관을 헤어 나왔을까?' 하는 생각에 눈앞이 깜깜하였다. 질병으로 고통을 받고 있을 때 옆에서 지켜봐 주며 심부름한 아들이 고맙다.

두 번째로 장애인 콜택시 운영제도가 자치단체별로 다르게 운영된다. 무슨 원인지 알 수 없으나, 아직 이곳 홍성에서는 도내 범위로 운행하고 있는 현실이다. 만약 인접 시, 군과 같이 전국을 운행되었다면 얼마나 좋았을까? 그랬다면 아마 큰 소동 없이 목적지에 도착하였을 것이다. 그렇다고 행정 서비스를 쫓아 이사하기도 쉽지 않은 문제이다. 아쉬움이 많은 하루였다.

추억의 길

뇌종양 제거

연세대 세브란스병원 앞에 도착하였다. 문제는 어지러움이 남아 있어 걸을 수 없었다. 따라서 안내원에게 휠체어 대여를 요청하였다.

두 사람의 옷가지와 세면도구 등을 두 개의 가방에 나누어 그중 큰 가방을 휠체어에 앉은 내 발등에 올려놓았다. 아들이 나머지 가방을 어깨에 메고 한 발, 한 발 휠체어를 앞으로 밀었다. 그때마다 어깨에 멘 가방 끈이 흘러내려 휠체어 바퀴에 걸렸다. 휠체어가 앞으로 나가지 못하고 있었다. 하여 택시 기사분의 선의적인 도움을 요청하여 7층 입원실 앞까지 무사히 올라왔다.

연분홍색 유니폼 입은 간호사의 안내를 뒤따랐다. 병실 문을 열고 들어서자, 질병의 고통과 싸움에 지쳐 휴식하는 듯 산사와 같이 고요하였다. 네 곳의 침대가 모두 커튼으로 가려져 있다. 병실 바닥에 무겁게 내려앉은 침묵을 발길로 걷어차며 들어섰다. 그중 창가의 침대를 배정받아 매일 아침마다 햇빛을 볼 수 있음은 물론 마음이 답답할 때 밖을 볼 수가 있어 좋을 것 같다 생각하였다.

다음 날 아침이 되자 어제 접촉사고 원인인지 뒷목에 통증이 발생하여 X-선 검사를 하였다. 또한, 아들은 허리 부위 통증을 호소하였다. 그런데 이곳은 3차 병원이다. 따라서 응급환자 이외는 검사와 치료를 못한다는 안내를 받았다. 즉시 아들에게 매점에서 핫팩을 구매 통증 부위에 부착하라고 했다. 아들의 상태를 지켜보면서 호전 반응이 없으면 상황에 따라 치료를 할 목적으로 해당 보험사에 '지급보증서'를 발급받았다. 통증으로 괴로워하는 모습에 마음이 아팠다.

나는 이러한 악조건에서 뇌종양 수술을 위한 삼 일간 각종 정밀검사가 시행되었다. 이틀째 되던 저녁이었다. 호리병과 같이 날씬하게 생긴 이십 대 후반의 간호사가 찾아왔다. "내일 수술을 위하여 주사해야 합니다." 하며 예고하였다. 경험에 의하면 수술 예약 환자는 19게이즈의 두껍고 긴 바늘을 정맥 혈관에 꽂아야 한다. 이때 주삿바늘의 굵기가 통증에 비례한다. 특히, 오랜 기간 투병 생활의 주사로 팔 혈관이 모두 잠식되었다. 하여 혈관 주사의 긴장감과 고통이 제일 싫다. 그러나 이곳은 국내 일류병원이다. 따라서 지방의 삼류 병·의원보다 기술이 좋겠다는 기대를 했다. 그러나 그 기대심은 나만의 착각이었다. 이곳에서도 마비가 심한 좌측 팔에서 세 번을 찌르고 빼길 반복하였다. 실패로 결국 반대쪽 우측 팔에 시도하였으나, 역시 세 번의 실패 고통에 이어 네 번째에 간신히 성공하였다. 그 후 간호사가 "수고하셨어요!" 하더니 "주사제는 취침에 불편하니 내일 오전에 연결할게요"라는 배려의 말을 던지고 나갔다.

추억의 길

다음 날 주사제 팩을 연결하기 무섭게 오전 7시에 점검을 위하여 수술실 대기실로 옮겨졌다. 파란색 수술복을 입고 긴장하여 굳은 표정의 얼굴로 침대에 누워 있는 환우로 가득했다. 곧이어 의료진의 점검을 마치고 곧바로 수술실로 들어갔다. 수술실에 들어서자 투명한 비닐 옷을 입고 검은색으로 색칠한 각종 전자 시설들이 서 있었다. 그 모습에 긴장감이 높아짐은 물론 두려움이 무겁게 가슴을 눌렀다. 청색의 수술복 차림의 마취과 팀으로 보이는 여성 너덧 명이 기계와 마주하고 서 있었다. 또한, 수술복 차림의 나를 태워 온 남성 의료진 여섯 명은 내가 깔고 누운 시트를 움켜쥐고 중앙에 고정된 수술용 침대로 나를 들어 옮겼다. 그와 동시에 연예인같이 예쁘게 화장한 여의사 한 명이 다가와 문진과 더불어 치아 상태를 세부적으로 관찰하고 기록하였다. 주위가 고요하였으며 다만 천장의 전등만 눈을 크게 뜨고 내려다보고 있을 뿐이었다. 그때 발쪽에서 누군가 다가오는 인기척에 눈동자를 내려 보았다. 담당교수가 다가오면서 "잘될 거예요."라는 인정 없는 사무적인 간단한 한마디 말을 던지고 되돌아갔다. 이후 아무 말도 안 들렸다. 마취제로 깊이 잠을 재웠을 것이다. 그 후 귓속에 내시경 카메라를 밀어 넣음과 동시에 전기드릴로 인입 구멍을 냈을 것이다. 그 구멍을 통하여 석션기가 들어가 그동안 괴롭히던 암 조직인 물혹을 흡입 제거하였을 것이다. 수술기구를 철수하면서 인입 구멍을 접착제로 메웠을 것이다.

　눈을 떠 보니 약 20평가량의 새하얀 정사각형 형태의 깨끗한 상자

안에 갇힌 것 같았다. 회복실이었다. 그곳에 파란색 수술복을 입은 간호사 두 명이 머리 좌, 우측에 서서 전신 마취로 깊이 잠든 환우를 깨우고 있었다. 2인실로 와 보니 아들이 기다리고 있었다. 머리를 압박붕대로 두른 모습에 놀란 눈치였다.

다음 날 아침 주치의 회진 시간에 머리에 두르고 있던 붕대를 제거하고 드레싱이 이루어졌다. 그 과정에서 아들이 수술실에서 귓구멍이 작아 귀 부위를 약간 절개한다 하여 동의하였더니 귀 면적 절반을 절개했다며 화를 냈다. 그 후 설 연휴를 앞두고 권유에 따라 퇴원하였다. 동행에서 입원기간 병간호까지 수고한 아들 덕분에 무사히 수술을 받았다. 아들에게 고마움을 전한다.

수술 후 어지러움과 구토 증세가 없이 안정된 생활을 하고 있다.

추억의 길

교통사고 줄이는 방법

누구에게나 하나 이상의 취미가 있을 것이다. 나는 젊은 시절 여행과 낚시 그리고 사진 촬영 등 취미가 다양하였다. 평일에는 다른 이들과 같이 단조로운 직장생활을 하고 주말이 되면 이곳저곳 다니느라 평일보다 더욱 바빴다. 나의 취미생활을 위한 이동 중 교통사고 목격 및 체험 사례를 소개하고자 한다.

이야기에 앞서 교통사고를 탐색하려면 크게 원인과 종류로 분류하여 접근할 필요성이 있다고 생각한다. 그 원인에는 여러 종류가 있을 것이다. 예를 들어 기후의 상태 또는 도로의 노면 상태 그리고 기계적 결함과 아울러 운전자의 기능 상태 등이 이에 해당할 것이다. 그러나 이는 단독적인 경우보다 복합적인 경우가 많은 것 같다. 따라서 이는 전문적인 접근이 바람직하리라 생각한다. 그렇다면 교통사고를 종류로 분류하여 접근함이 바람직하리라 생각된다.

하지만 이 점도 생각이 다양할 것이다. 그러나 본인의 경험치를 바탕으로 도시형 사고, 농어촌 사고, 고속도로 사고 세 가지 유형으로 임의로 분류하여 경험이 많은 농어촌의 사고에 관하여 이야기하고자 한다.

그중 두 가지를 소개하고자 하는데 시간이 많이 지남에 정비가 되었을 수도 있다. 이때 개인의 단순 경험담이지만, 사고 예방 목적에서 이야기를 시작한다. 현재까지 중소형 도시에서 생활하면서 취미인 여행과 낚시 출조 목적으로 시골 방문이 많았다. 그중 잊지 못할 목격 사례이다. 아마 1997년 언저리일 것이다. 추수를 마친 늦가을 후배 둘과 1박 2일 코스의 해남으로 해맞이 여행을 떠났다. 현지 도착 즉시 일식집에서 활어회로 저녁을 마치고 전망대 밑 호텔에 여장을 풀었다. 다음 날 아침 일출을 관조하며 각자 소망의 기도를 마쳤다. 이후 어젯밤 어둠을 뚫고 진입한 도로를 거꾸로 나올 때였다. 고속도로에 진입하기 전 간척지의 논이 많은 지역이었다. *트레일러에 볏짚을 가득 실은 1.5톤 트럭이 실룩이며 앞질러 간다. 위태로움에 안전거리를 유지, 서행하며 반원형 회전 교차로 지역에 진입할 때였다. 앞에서 실룩이던 볏짚들이 도로에 우수수 쏟아졌다. 아마 과적에 탄력성 약한 줄로 묶었던 탓 아닌가 생각된다. 그 때문에 운행의 유동성에 회전형 도로 형태의 원심력이 가중되어 흘러내렸을 것으로 추정된다. 이때 우리가 이를 예측 못 하고 방어운전을 하지 않았다면 어떻게 되었을까? 분명 쏟아지는 볏짚을 밟거나 이를 피하려 핸들 급조작이 이루어졌을 것이다. 이로 탈선 이상의 사고로 연결되지 않았을까?* 사고를 피할 수 있어 안도의 마음으로 귀가하였다.

다음 두 번째 사례로 내게 수원에서 이곳까지 거리를 마다치 않고 자주 방문하는 고마운 친구가 있다. 아마 초여름 피서철이 시작되기

전의 일로 기억된다. 주말을 맞아 방문한 친구가 갯바람을 쐬고 싶다며, 내비게이션에 목적지를 태안의 백사장 해수욕장을 입력하고 출발하였다. 이후 지방도 96호에 진입하였다. 얼마간 이동하자 논에 가득한 벼 잎들이 푸른 손을 흔드는 손사랫짓이 차창을 쓰다듬는다. 조금 이동하면 내가 자란 본가의 동네이다. 낯익은 산세의 푸른 소나무의 피톤치드 향에 취한 차가 꾸불꾸불한 도로의 형태에 따라 거칠게 춤을 추었다. 그 흔들림에 따라 마음이 두둥실 떠 있을 때였다. *운전하던 친구가 "아이~구! 깜짝이야!" 하는 외마디의 비명과 함께 "밤에 진짜 위험하겠다" 하였다. 말을 들으며 정면을 바라보자, 굴곡이 많고 좁은 2차선 도로 가장자리에 봄철 사용한 농기계 경운기가 놓여 있었다. 그런데 이동 중 이러한 사례가 듬성듬성 목격되었다. 그 광경을 보면서 방치의 위험에 공감하였다. 그렇다 하여 도로의 폭을 넓히거나 곧게 바로잡음은 예산의 부담이 발생할 수 있다. 그러니 농기계 트레일러 뒷부분에 야광 페인트칠하는 것을 정책화한다면 어떨까* 하는 생각이다. 그렇다면 최소 야간 운전자에게 안전 주지의 조그만 배려임은 확실할 것이다. 또한, 이에 따른 사고 예방 효과도 있지 않을까 자문해 본다.

여름철 최고의 음식은 무엇일까?

온난화의 현상으로 연일 40도에 가까운 폭염이 지속되고 있다.

이렇게 *더운 날씨에는 누구나 입맛을 쉽게 잃게 된다. 식사를 못 하게 되는 것이다. 잘못하면 며칠간 단식 상태가 유지되는 경우가 있다. 이때 탈수증세가 발생할 수 있다.* 소방대의 한 긴급구조 요원이 "여름철에 허약체질이나 만성질환자들에게 위험한 구조요청이 많다"는 말이 생각난다.

따라서 탈수 증상을 예방하기 위하여 반드시 식사하여야 한다. 그렇다면 잃었던 입맛을 찾을 수 있는 음식은 무엇이 있을까?

이때 단순히 무더위를 잊고자 하는 방법과 그리고 건강을 위한 보양식의 두 가지로 생각할 수 있다. 먼저 무더위를 잠시나마 쫓기에는 냉면의 인기가 있다. 나 또한 냉면을 즐긴다. 덥다고 냉면만 먹으면 잠시 더위를 잊을 수 있는 사실이다. 그런데 무슨 이유인지 모르지만, 식당에서 돼지갈비구이를 먹고 난 후 후식으로 먹는 냉면의 맛이 최고인 듯하였다.

두 번째 건강을 목적으로 한 보양식으로 남성들에게 장어요리가 인기가 좋다. 그러나 가격이 비싸다. 따라서 경제적인 부담감으로 서민에게 거리가 있는 것이 사실이다. 그렇다면 서민에게 맞는 대중적인 보양식은 무엇이 있을까? 누구나 잘 알듯이 보신탕과 삼계탕이 쌍벽을 이룬다. 그러나 우리가 그동안 즐기던 보신탕은 동물보호 운동이란 취지에서 2027년부터 식용이 금지되었다. 여건에 따라 '염소 반탕'이 역할을 대신하려고 틈새를 공략하고 있다. 소비 시장이 빠르게 성장하는 추세이다.

　서로의 취향과 식성이 다르다. 그러나 건강한 여름을 보내기 위해서는 자신의 선호에 따른 슬기로운 선택이 필요하다.

제2장

흥겨운
발걸음

현충사의 추억

한 25년이 지난 것 같다. 4월의 어느 날, 출근하기 무섭게 홍북읍에 생활하는 동갑이자 대학 1년 후배인 H가 사무실에 방문하였다. 그친구가 "바쁘지 않으면 우리 현충사 다녀오자!" 하고 제안하였다. 점심을 마치고 친구의 검은색 티코에 승차하여 출발하였다.

덩치 작은 티코는 현충사를 향하여 열심히 달렸다. **현충사는 충남 아산시 염치읍 백암리에 소재하고 있으며, 우리가 학창 시절 역사 시간에 배워 잘 아는 임진왜란의 명장 충무공 이순신 장군과 후손들이 태어나고 성장한 본가가 있는 곳이다.** 약 한 시간가량 지나 주차장에 주차하고 걷다 보니, 입구가 보였다. 매표소를 지나 넓은 광장 우측으로 이순신 장군 기념관이 보였다. 그곳에 설치된 거북선을 보면서 당시 우리 선조의 뛰어난 조선 기술에 경이로움을 감출 길 없었다. 또한, 전쟁 중 장군이 붓으로 직접 작성한 7권의 난중일기(유네스코 사적유물 지정)가 진열된 것도 보았다. 그뿐 아니라 전쟁터에서 장군이 직접 입었던 화려한 색상의 전투복과 보통 키만 한 장도를 보면서 위엄성에 가슴이 벅찼다. 밖으로 나와 넓은 잔디광장에 뾰족한 새순들이 솟는 모습에 시야가 시원함을 얻는다. 돌담을 따라 잘 가꾸어진 정원에서 오

손도손 이야기하며 산책하는 즐거움에 젖었을 때였다.

친구가 "우리 초등학교 시절 애국애족과 충효 사상역점 교육을 하였는데, 교육의 목적의 대표 수학 여행지였다. 너희도 이곳에 오지 않았느냐?" 물을 때였다. 맞다 하는 생각과 동시에 6학년 때 수학여행과 사진 촬영을 위하여 부동자세로 서 있는 어린 나와 만났다. 그 옆에 번호순대로 옹기종기 모여 차례를 기다리며 웃는 친구들의 얼굴이 주마등 되어 스친다. 한 5~6분 걸었을까? 연못 주변에 도착하였다. 교각에 엉덩이를 걸쳐 걸터앉은 자세로 물 위에 떠 있는 소나무 분재의 매력에 빠져 잠시 발걸음을 멈추고 쉬었다. 일어나 조금 걷자 이순신 장군이 활 연습하던 곳인지 과녁이 세워져 있었다. 바로 옆에 장군이 생활하던 고택이 잘 보존되었다. 충무정을 지나 홍여문으로 들어가 장군의 영정과 마주하자, 애국애족을 위한 깊은 충심으로 숙연해졌다.

온양온천 관광호텔

온양온천은 조선 시대 왕족의 휴양지로 건립되었다. 조선 제4대 왕 세종대왕(1418~1450) 행궁의 고증에 의하면, 조선 전기대에 개발되어 이용하였다. 역사가 매우 깊은 온천이다. 이러한 덕으로 70, 80년대 목욕 관광지로 명성이 높았다. 전국에서 관광차가 꼬리를 물고 방문하는 광경을 안방에서 뉴스로 보곤 하였다. 우리 고장에서 차량으로 약 60분 이동하면 도착하는 가까운 거리였으나 녹록하지 못한 가정 여건으로 한 번도 이용 못 하였다. 다만 이곳이 교통 중심지이기에 천안이나 서울·경기 지방에 볼일 있을 때 반드시 버스가 이곳을 거쳤다. 그때마다 버스 안에서 차창으로 보이는 정원이 마치 궁궐의 축소한 모습같이 고풍스러운 이미지여서 끌렸다. 다음에 꼭 이용하겠다며 버킷리스트에 올렸다.

대학 학업을 마침 동시 입대 영장을 받고 원주 치악산 밑에 소재한 36사단에서 훈련을 받았다. 6주간을 훈련을 마치고, 정동진 부대로 자대배치를 받았다. 그곳에서 온양이 고향인 6개월 선임 K 일병만 충청도인이었다. 호서대 전자과 2학년을 마치고 입대한 한 살 연상으로 후임들을 따뜻하게 대하는 인정 많고 성품의 바른 선임이었다. 전역 후

복학할 계획으로 기억된다.

어느덧 입대 8개월이 지나 중대장에게 일병 진급 신고와 동시에 14일의 정기휴가를 대대장에게 신고를 하고 준비할 때였다. 6개월 선임이 나에게 다가왔다. 자신의 숙모가 온양온천 관광호텔 입구 오른쪽에서 독일제과를 운영하는데, 그곳에 편지를 전해 달라고 부탁하며 한 통의 편지를 주었다. 알 수 없는 내용의 편지를 건네받아 국방색 전투복 오른쪽 가슴 호주머니에 갈무리하였다. 이른 시간에 신고를 마쳤으나, 원거리 버스의 이동시간과 환승 대기시간이 많이 걸렸다. 천안에 도착하자 땅거미가 지고 있었다. 나도 모르게 부랴부랴 홍성행 버스에 오르고 있었다.

다음 날 아침 일찍 온양을 향해 출발하였다. 9시쯤 그곳에 도착한 것 같다. 흰색 벽돌의 2층 건물 중 1층이 매장이었다. 허리 부분까지 유리에 회색 코팅으로 기억된다. 165㎝ 정도의 신장에 하얀색 조리사 복장으로 분주한 모습의 상체만 유리로 보였다. 내가 너무 일찍 왔나 하는 생각과 동시에 나의 발이 온천관광호텔 입구로 들어가고 있었다. 이때가 두 번째 온양 방문이었다. 도심 중심부의 입구가 마치 옛 관아 현관같이 기와를 올린 고풍적 아름다움과 위엄이 압도하였다. 안으로 들어서자 크기와 모양이 자유로운 소나무와 향나무가 식재된 숲 모양의 정원을 돌담이 품고 있는 모습이 정감 넘쳤다. 향긋한 소나무의 피톤치드 향을 흡입하며 짧은 오솔길을 걸었다. 약 10여 분간 정원수의 기묘한 아름다움에 젖었다.

　그곳에서 나와 목적지인 독일제과의 출입문을 열자 달콤한 빵 향기가 주인보다 먼저 달려 나와 나의 가슴에 와락 안김과 동시에 코를 통하여 들숨으로 폐부를 가득 메웠다. 조금 전 유리 속의 분주하였던 여성이 "어서 오세~요!" 하고 인사했다. 밝은 미소를 띤 얼굴을 보니, K 일병의 숙모가 우리 나이와 비슷하였다. 이렇게 숙모와 조카 나이가 비슷한 경우는 처음이다. 얼마나 황당하였는지 내가 "저… 강릉 부… 대 K 일병 아… 아시~죠? 편지 가져왔습니다" 하고 말을 더듬으며 오른쪽 호주머니 속 편지를 꺼내 주자 그분이 기다렸듯 봉투를 뜯어 읽기 시작했다. 그러더니 그분이 "점심때도 되었는데 빵 드시고 가세요." 하며 친절한 모습으로 탁자에 골고루 차려 주었다. 빵을 집어 먹으니 경계부대에서 매일 아침마다 먹던 군데리아의 맛과 확연히 달랐다.

　예전에는 온양온천에 관광버스의 단체 방문이 많았다. 그러나 천안·아산역 운영으로 전철과 KTX가 운행으로 교통이 편리해졌다. 최근 위생관리 목적으로 서울·경기 지역의 어르신들께서 많이 방문하여 위생과 건강관리로 이용하는 명소이다.

최초 직장동료 여행

[지필문학 64호 선정]

*8*9년도 7월에 군 복무를 마쳤다. 그 후 면사무소에서 일을 하였다. 그해에는 업무 파악하면서 미혼 직원 여섯 명과 유대에 노력했다.

아마, 그다음 해 여름으로 기억된다. 사무실 밖 은행나무 이파리로 뜨거운 햇볕을 피한 매미 울음소리가 퍼진다. 직원 한 명, 두 명씩 휴가를 떠난 실내 모습은 군데군데 충치 빠진 잇몸이 드러남같이 보인다. 그러나 미혼 직원들은 약속대로 꿋꿋하게 자리를 지키고 있다.

무더위가 아침까지 장악한 8월 초 토요일이었다. 당시 주 6일 근무제였는데 미혼 직원 여섯 명이 일제히 배낭을 메고 출근하였다. 근무가 끝나는 오후 한 시가 되자 준비한 배낭을 등에 메고 정문을 나와 바로 앞 버스 터미널에 모였다. 잠시 후 읍으로 나가는 버스가 도착하자 좁은 출입문을 통하여 한 명씩 들어가자, 출발한 버스가 건조한 여름 날씨였지만 저마다의 설렘의 마음을 검은 시멘트 도로 위를 덮은 누런 흙먼지에 실어 날리며 약 40분 달려 홍성 터미널에 도착하였다.

우리의 목적지는 군산의 옥도면 개야도라는 작은 유인도였다. 따라서 종착역인 장항역까지 좌석을 예매하였다. 예약 열차 시간의 여유가 있어 홍성역 방면으로 약 2㎞ 거리를 걸었다. 역 인근에서 중화요리로 점심을 하고 플랫폼으로 갔다. 얼마의 시간이 지났을까, 저 멀리 배곯은 황소 한 마리가 큰 소리로 울부짖으며 달려온다. 정차와 동시에 긴 철제 통조림통 같은 옆구리 뚫린 문을 열고 일렬로 들어가니, 객실에 대학생으로 보이는 젊은 행락객으로 가득했다.

많은 입석 손님의 몸과 몸 사이를 뚫고 어렵게 좌석을 찾았다. 선반 위에 배낭을 얹은 다음 자리에 앉았다. 얼마의 시간이 지나자 서울과 경기지방의 대학생이 장시간 여행이 무료하였던지 앞좌석 승객이 기타로 발라드곡을 연주하였다. 나머지 일행들은 손뼉을 치면서 경쾌하게 부르는 합창 소리로 객실 안 흥이 넘쳐 나도 모르게 흥얼거렸다. 마치 수학여행을 온 것 같은 착각을 일게 하였다.

그때 멀리에서 홍익회 사원이 비좁은 공간을 헤치며 "삶은 달걀~"이라며 인생의 정의를 목청껏 외치며 다가왔다. 무더위의 갈증을 해결하는 마음으로 맥주와 오징어를 구매하여 기타 연주와 합창 노래에 맞추어 마시는 맥주의 맛에 도취하였을 때였다. 객실 천장 스피커에서 "이번 정차 역은 대천역, 내리실 문은 왼쪽입니다!"라는 남성 기관사의 육성 안내방송이 나왔다. 열차가 정차하자 맞은편에 앉은 한 기사가 나를 부르며 "저 사람이 네 배낭 들고 내렸어!" 하고 외쳤다. 외침을 들음과 동시 자리에서 벌떡 일어나 하차하였다. 그 후 즐거움에 찬

추억의 길

피서객들을 세워 담임 선생님께서 소지품 검사하듯 배낭을 열고 확인하였다. 기분 나쁜 듯 이맛살을 찌푸린 표정을 지었다. 혼자 많은 것을 확인하려니, 열차 대기시간을 잊었다. 그때 열차가 '빵~' 하는 출발 예고 기적 소리가 뾰족한 송곳이 되어 달팽이관을 찌름에 깜짝 놀라 뒤돌아보니, 이미 열차가 출발하여 점점 멀어져 갔다. 저 열차를 반드시 타야 한다는 생각에서 확인 작업을 멈추고 벌떡 일어나 열차를 향하여 영화 속 스턴트맨을 생각하며 잡을 수 있다는 무모한 확신으로 전력 질주를 하였다. 동시에 외부 안전봉을 잡으려 오른손을 뻗을 때였다. *갑자기 나의 손목에 강한 압력이 전해졌다. 두 눈 크게 뜨고 바라보니, 단정한 정장 차림의 마흔 중반가량의 역무원이 흰 장갑을 긴 손으로 나의 손목을 잡고 서서 "달리는 열차에 뛰어듦은 범법 행위입니다!"라며 큰 소리로 꾸짖어 무안함에 숨을 돌리며 우두커니 섰다.*

손목을 풀고 플랫폼을 지나 역 광장에 나오자, 몇 대의 택시가 가장자리에 일렬로 정차하여 승객을 기다리고 있었다. 그중 제일 앞 택시에 탑승하며 "기사님! 저 열차를 따라잡아 주세요!" 말하자 즉각 출발하였다. 얼마를 달렸을까? 멀리 역사가 보였다. 바로 종착역인 장항역이었다. 당시에는 CCTV가 없었다. 일명 '총알택시'가 성행하였다. 요금을 내려고 미터기를 보니, 60,000의 아라비아숫자가 요금 납부를 요구하는, 붉게 충혈된 큰 눈과 마주하였다. 계산하고자 바지 뒤 호주머니에 꽂았던 지갑을 꺼내려고 엉덩이 부분을 손가락으로 더듬었다. 아뿔싸! 지갑이 없었다. 허리를 구부린 자세로 앉았던 의자 밑까지 확인하였지만 찾을 수 없었다. 아마 배낭을 찾을 때 잃은 듯하였다.

　그래서 미안한 마음으로 기사분에게 지갑을 잃었다고 하였더니, 기사분께서 "재미있게 놀고, 귀가 후 무통장 입금하세~요!" 하며 계좌번호를 적은 메모지를 주고 왔던 길로 유유히 사라졌다. 초면인데 믿어주신 고마움을 많은 시간이 흘렀지만 잊을 수 없다. 택시가 시야에서 멀어지면서, 도착한 열차에서 내린 일행들이 출입구를 나오면서, 자신보다 먼저 도착한 나를 발견하더니 놀라운 표정을 지었다. 도로 양쪽으로 무더위에 지친 버드나무 가지가 아가씨의 긴 머리 세팅 파마한 머리카락처럼 늘어져 미풍에 살랑 춤추는 길을 따라 나루터까지 걸었다.

　중형급 유람선에 승선하여 뱃길 따라 약 15분가량 이동하여 군산 나루터에 도착하였다. 해안 지역이라 도로 양옆으로 손수레 좌판 위에 쌓인 생선 비린내가 코끝을 자극함에 바닷가임을 실감 나게 하였다. 목적지인 개야도의 출항 나루터가 멀다고 하여 택시로 이동하였다. 개야도 또한 뭍에서 멀었다. *너른 바다 중간에 떠 있는 이색적 경험을 더욱 깊이 느끼고자 선상으로 나가 쪽빛 바닷물과 새하얀 물보라 위를 나는 갈매기를 카메라에 열심히 담았다. 약 30분이 지나자 푸른 바다 저 멀리에 모자가 떨어져 두둥실 떠다니는 것 같다. 다가갈수록 둥근 모자 테두리가 타원형으로 변하고 한 일 자 형태로 우리에게 다가왔다. 신비로웠다.* 유람선이 정박하여 하선하자 어선들이 먼저 와 일렬종대로 정박하여 환영하였다. 뜨거운 태양열을 머리에 이고 무더위로 온몸

　　　　　　　　　　　　　　　　　　　　　추억의 길

이 땀으로 축축이 젖어 미끈거리고 끈적거렸다. 또한, 갈증으로 괴로웠다. 모두 지쳐 간신히 걷던 때였다. 누군가 저 멀리 펄럭이는 태극기를 발견하고 "태극기다!" 외침과 동시에 시선이 한곳에 집중되었다. 공무원들이기에 관공서임이 확실했다. 인지와 함께 저마다의 얼굴에 화색의 미소가 넘쳤다. 역시 초등학교 분교였다. 우리는 약속이나 한 듯 일제히 수돗가로 몰려 저마다 수도꼭지 하나씩 차지하고 입을 대고 물을 마셨다. 그와 동시 세안도 하고 머리를 감으며 시원함에 도취하였다. 수돗가 우측으로 타원형 푸른 잎 개나리 덩굴 개구멍을 통과하며 어린 시절 추억들이 주마등으로 스쳤다. 야트막한 솔밭 구릉지를 지나자, 우리를 보고 반갑다며 맞은편에 둥근 무인도를 떼어 놓고 푸른 파도가 어서 와라 소리치며 달려오고 있다.

솔밭을 지나자, 파도가 넘지 못한 폭은 약 30m, 길이는 약 400m 백사장이 좌우로 길게 누워 있다. 아직 초대장을 못 받았는지, 우리가 두 번째 도착이었다. 아주 조용하고 아늑한 곳이었다.

날이 저물기 전 텐트 설치를 위하여 부랴부랴 바뀐 텐트를 배낭에서 꺼내 보니 낡은 6인용이었다. 즉시 설치하고 간이 화장실을 만들며 이틀을 지냈다. 설치 완료 후 미혼 여성 두 명에게 텐트를 양보하니 밤이 깊어졌다. 동작이 빠른 남성 세 명이 텐트에 슬그머니 들어갔다. 뒤를 따라 들어갔더니, 공간이 없었다. 그래서 행동 느린 나와 한 기사 둘이 함께 모래를 방석 삼아 앉은 채 만만한 소주 병목만 쥐어짜듯 돌려 반짝이는 밤 별을 안주 삼아 소주를 마시며 불침번을 섰다.

둘째 날 새벽이 되자 검은 포장지를 붉게 태우며 나오는 태양을 마주하며 기원하였다. 우측으로 약 200m 가 보니, 큰 암석들이 발길을 막았다. 그 정상에 있는 등딱지 같은 몇 채의 어가를 확인하고 뒤돌아 와 물수제비 놀이로 오전을 보냈다. 준비해 온 삼겹살을 구워 반주하며 점심을 마치고, 썰물의 물길 따라 정면 무인도 방면의 백사장에서 바드레기와 홍합을 채집하여 저녁 식사를 맛있게 하였다. 날이 어두워지자 약속이나 한 양 어젯밤처럼 다섯 명에게 텐트를 점령당하였다. 그래서 오늘도 말뚝 불침번이 되었다.

셋째 날 아침에도 기상 상태가 좋았다. 그래서 황홀한 일출의 태양 빛을 따라 좌측으로 이동하였다. 섬의 모서리에 이르자, 모래는 어디에 갔는지 안 보였다. 그 자리에는 어젯밤 어둠에 검게 젖은 개펄 위 날카로운 가위 날을 번쩍 들고 기지개 켜는 칠게 떼가 가득하였다. 텐트로 돌아와 아침을 하고 짐을 쌓아 등에 지고 초등학교 우측으로 이동하니 슬레이트 모자를 쓴 가옥 이십여 채가 옹기종기 모인 마을이 보였다. 초입에 이르자, 무더위에 탈진한 대지가 둥근 입 크게 벌린 채 하늘을 올려다보는 공동 우물에 이르렀다. 곧바로 두레박으로 기린 물을 나누어 마시며 갈증을 해결한 공간에 무료함을 던져 놓고, 저마다 추억을 들고 선창으로 향한다. 조용하고 쾌적하며 자연 생태계가 잘 보존되어 있어 최고의 휴양지였다. 다음에는 가족과 함께 어촌생활 체험을 하며 즐거움을 나누고 싶다.

추억의 길

하늘물빛공원

봄에 푸르게 돋은 이파리가 울긋불긋 물든 어느 가을의 아침이었다. 아내의 재활치료 예약에 따라 참관하던 때였다.

중학교 5년 선배가 뇌경색 질환으로 재활치료 중인 K 형을 알게 되었다. 형이 "내일 만성질환자 초대 여행을 간다는데, 담당 직원에게 자리 여유 사항 확인해 보고 함께 다녀오자." 청하였다. 귀가하여 메모해 온 번호로 전화하여 행사의 내용과 목적지를 숙지하였다. 곧바로 내일 참여 의사를 전달하고 전화를 끊었다.

다음 날 아침이었다. 안개가 집 앞 맞은편 원룸 건물을 모두 덮었다. 마치 흰 포대로 바닥까지 덮은 듯 보였다. 그 틈을 뚫은 콜택시가 마치 회색 긴 머리카락으로 바닥을 쓰는 듯 H 의료원 방향으로 이동하였다. 로비에서 참석인원 등록을 마치고 주차장에 대기하는 대형관광버스에 승차한 즉시 출발하였다. 업무 담당자의 인사에 이어 차내에서 건강 퀴즈가 진행되었다. *과학의 발전과 음식문화가 공동 발달하였다. 하여 유병장수의 시대에 접어든 지 오래되었다. 이러한 환경에서 누구나 건강에 관한 관심이 매우 높다. 또한, 건강에 관한 웬만한 문제*

는 누구나 쉽게 대답하였다. 간혹 꼬불꼬불한 산길에 접어들며 만취한 듯 차가 비틀거렸다. 지형에 따라 난도가 높은 문제가 던져질 때마다 우리도 함께 헤맸다. 이때 모두 시선을 차창 밖으로 돌리고 밖을 바라보았다. 그렇다고 귀까지 닫은 것은 아니었다. 잠시 외면한 것뿐 모두 귀를 열고 듣고 있었다. 어느덧 칠갑산 도림 휴게소에 도착하여 잠시 쉬었다.

휴게소에서 출발한 차량은 공주 외곽을 경유 금산에 도착하였다. 차량은 또다시 산길에 접어들었다. 정비되지 않아 폭이 좁고 꼬불꼬불한 도로 사이에 논들이 서로 마주하고 있었다. 우리가 탑승한 버스가 그를 훼방하는 듯 가운데로 통과하며 약 30여 분 이동하였을까? 이름 모를 산골의 정상에 도착하였다. 10여 동의 펜션 옆으로 야영장이 있었다. 빈 주차장에 주차되었고, 인솔자의 안내에 따라 하차하여 개울에 둥근 모양으로 다리를 걸친 앙증스러운 다리를 건넜다.

주차장 끝머리에 이르자, 대형 비닐하우스가 보였다. 이곳이 목적지인 하늘물빛공원이었다. 식사 예약시간보다 30분 일찍 도착하여 출입을 못 하였다. 그 시간에 외부 정원의 산책로를 따라 걷다 보니, 군데군데 멋있게 가꾸어진 조경수와 석탑과 조형물들이 많았다. 모두 그 앞에서 기념촬영에 바빴다. 추억을 카메라에 담으며 우측으로 이동하였다. 정원수에 숨어 있던 동상이 우리를 향하여 허리 굽혀 인사를 하였다. 이곳이 정원의 끝이었다. 끝머리에 수심 깊어 보이는 검은 얼굴을 한, 넓은 장산 저수지에서 오랜 기간 기다리던 고사목이 반가움에 첨벙첨벙 물 위를 달려오고 있을 때였다. 마침 점심 예약시간 알림에 놀란 듯 나의 발 앞꿈치에 멈추었다.

바로 위의 식당에서 조리하는 음식 냄새가 바람에 실리어 왔다. 냄새를 쫓는 발걸음이 바빴다. 이곳에 3초 삼겹살 요리로 유명한 머들령 식당을 비롯한 네다섯 곳이 영업하는 것 같았다. 우리는 그중 채식전문 뷔페식당인 채담에서 식사를 하였다. 이후 자유 시간으로 식당에서 계단을 내려오자 바로 식물원으로 연결되었다. 생활 지역에서 쉽게 보지 못하는 각종 허브가 많았다. 향긋한 향이 코끝을 자극하여 향기로웠다…. 그뿐 아니라 이색적인 열대식물들로 가득 차 있어 마치 열대지방에 여행하는 듯한 착각이 일게 하였다. 초록의 푸르름에 눈과 마음마저 시원하였다. 마침 가수 조혜미의 기타 연주 라이브공연이 있었다. 관람은 물론 창곡하며 따라 부르는 흥겨운 시간이었다.

여행은 이렇게 기존의 공간에서 벗어나, 새로운 공간에서 이색적인 관찰과 경험 학습을 하게 된다. 이를 통하여 무료함이나 권태감을 해소할 수 있는 직접적인 행동양식이다. 이는 시냅스의 신선한 충격이자, 해마의 장기 기억에 좋은 방법이다.

가족과 함께 다시 방문하고 싶다.

예당호의 추억
[한국민들레장애인문학협회 28호 선정]

한여름의 뜨거운 햇볕을 막아 주던 녹색 이파리가 붉게 탔다. 그래서 얼기설기 엮인 뾰족한 부지깽이 가지로 하늘 구름을 뒤젓고 서 있는 늦가을의 어느 날이었다.

점심을 마치고 안방에서 아내가 녹화해 놓은 드라마를 여유롭게 시청하고 있을 때였다. 옆의 방바닥에 누워 낮잠 자던 휴대전화가 잠꼬대하듯 '디디릴~리' 멜로디 울림에 커버를 열자, 수원에서 생활하는 고교동창 CDS 이름이 액정에 문자로 찍혔다. 반가운 마음에 전화를 받았더니, 친구의 "너희 집 앞이니 나와!"라는 음성이 전화기 스피커를 통하여 나의 고막을 울렸다. 그래서 간단한 복장으로 밖에 나가 친구의 차에 오르자, 친구가 "오랜만에 예당저수지 다녀오자!" 제안과 동시에 차를 출발시켰다.

목적지인 예당저수지는 우리 고장의 동북쪽에 위치해 있다. 그래서 21번 국도에 진입하였다. 이곳은 대학(현재 공주대학교로 통합) 시절 버스로 통학하던 낯익은 도로이다. 차량의 진행 속도에 따라 그때의 추억이 주마등처럼 나의 등 뒤로 빠르게 지났다. 약 15분가량 이동하니 웅

봉면에 도착하였다. 이곳에서 직진하면 거리가 멀다. 따라서 버스 정류장 앞 알파벳 대문자 T 자형 도로에서 직각으로 우회전하여 619번 지방도로를 이용하였다. 약 5분가량 이동하자 드넓은 호수가 눈에 가득 들어온다. 이곳이 바로 '예산에서 당진까지 물이 닿는다'는 의미로 불리는 예당저수지이다. 동쪽으로 알파벳 대문자 C 자로 늘어뜨린 버드나무의 긴 머리카락 안내를 따라 북쪽으로 이동하면 된다. 오래전부터 민물낚시로 유명하기에 강태공이라면 한 번쯤 다녀간 기억이 있을 것이다. 이곳이 바로 예당저수지의 중심지다. 또한, 1997년부터 2007년까지 KBS에서 방영된 농촌드라마 세트장이었던 것으로 기억한다. 이곳에서부터 출렁다리가 멀리 작게 보이다 버드나무 가지와 소나무 가지에 숨는 숨바꼭질 놀이를 시작하게 된다.

이곳 큰 저수지 입지 조건으로 길을 따라 민물 매운탕과 어죽집이 많다. 우리는 간단히 어죽으로 식사하였다. 이곳부터 저수지 가장자리를 따라 수문 쪽으로 나무 데크가 잘 조성되었다. 그래서 도로 주변 공터에 주차하고, 친구와 함께 사이좋게 나무 데크를 걷기 시작하였다. 이때 이 모습을 내려다보던 버드나무가 좋은 우정을 칭찬하는 듯 길게 늘어진 가지로 우리의 머리를 쓰다듬었다. 이렇게 약 500m 걸으니, 저수지 가장자리를 따라 공중을 횡으로 402m 가르며 물 위에 떠 있는 출렁다리가 웅장하였다. 우리 둘은 처음 보는 광경에 호기심이 발동하여 나란히 출렁다리에 올랐다. 오르자마자 다른 사람들의 발걸음에 마치 군대 유격훈련장에서 세 줄 타기와 같은 느낌이 들었다. 따라서 지팡이에 의존하여 걷기에는 전복할 위험이 있었다. 그래서 양쪽으로 형성된 안전봉을 잡고 조심조심 앞으로 나갔다. 그때 앞서가던 친구가 뒤돌아보며 "야! 힘들면 쉬어 가자. 이마에 땀 봐!" 하는 배려의 음성이 들렸다, 그 음성은 짜릿함에 묻히고 말았다. 그러나 멋진 광경 앞에서 무시할 수 없었다. 그래서 기념사진 촬영 핑계로 중간마다 쉬었다. 그러다 보니 어느덧 끝점에 도착하였다. 그런데 우리 둘에게 아쉬움이 있었는지, 약속한 듯 나란히 뒤로 돌아 출렁다리에 다시 올랐다. 이렇게 우리는 왕복하였다.

만약, 외지에서 관광을 희망하는 독자가 있다면 다음과 같이 방문하면 좋은 추억이 될 것 같다. 그간 예산 하면 첫 번째 덕산온천과 두 번째는 덕숭산에 소재한 수덕사로 널리 알려졌다. 이 두 곳은 동일 지역이다. 따라서 오전 열 시경 도착하여 수덕사를 관람 후 덕숭산 등산까지 대략 세 시간이면 충분하다. 하산하여 밑의 동네 덕산에서 온천욕을 통하여 위생관리와 생활의 피로를 풀면 좋다. 원기회복을 통한 건강 유지로 유명한 여행지이다. 또한, 2019년 예당호에 출렁다리를 건설, 관광산업이 개발되어 전국에서 방문의 발길이 끊이지 않고 이어지고 있다. 외지에서 접근하는 방법으로는 30번 서해고속도로를 이용하는 것이 편리하다. 수덕사 IC로 나와 수덕사에 주차 후 바람에 날리는 솔향의 피톤치드를 마시며, 옛 사찰의 정취에 취한다. 시간이 여유로울 경우 덕숭산 등산 후 지역의 별미인 더덕 정식 또는 산채 정식의 점심을 하는 것이다. 혹, 채식보다 육식을 좋아하는 분들은 수덕사에서 식

추억의 길

사하지 말고 출발한다.

  이동 경로는 다음과 같다. 우선 수덕사 IC를 통하여 서해고속도로 하행하여 다음 구간인 신안 IC에서 나온다. 그 후 616번 지방도를 이용하면 한우로 유명한 광시면에 도착한다. 이곳에서 식사 후 619번 지방도를 이용하여 상류 쪽으로 진입하는 방법이 좋다. 북쪽으로 약 십분가량 달리면 주차장에 도착한다. 이곳에서 하차하여 자율적 이용을 통하여 좋은 추억을 가슴에 담을 수 있으리라 기대한다.

25년 따라잡기
[희망봉광장 33호 선정]

음력 사월 초파일 연휴 하루 전 이른 아침 시간 소파에 앉아 모닝 커피를 마시며 쉬고 있을 때였다.

전화벨 소리에 덮개를 열어 보니, 수원에서 생활하는 중·고등학교 동창인 CDS 이름을 밝게 비추고 있어 반가운 마음에 받았더니, 그 친구가 "나 놀러 가려 한다." 하였다. 전화를 끊고 약 두 시간이 지나자 도착하였다. 즉시 승차하자 출발한 친구의 차가 약 두 시간여 힘차게 달려 현지에 도착하자, 어느덧 시간이 점심때가 되었다. 그래서 마이산 초입의 식당에서 점심을 하고 진입하였다. 이곳은 내가 재직 중 경북 주왕산 국립공원 내 관광호텔에서 직무 연수를 마치고, 복귀 중 관람한 뒤로 아마 25년 만의 방문으로 기억된다. 그래서 그런 걸까? 모든 환경에 생소함이 가득하였다. 개발되어 그럴 거라고 하는 막연함으로 위로하고 있을 때, 주차 안내원의 '도보는 안 되며, 전기차 승차로 이동해야 한다'는 안내를 받고, 1인 왕복 6천 원씩 2인 1만 2천 원 구매 후 승차하였다. 약 5분여 이동하여 정상에 도착하니, 태조 이성계 동상을 만남과 동시에 아차! 우리가 반대쪽으로 입장하였음을 인식하였다. 그렇다 하여 다시 뒤돌아갈 수 없었다. 그래서 25년의 깊은 세월 속에 묻혀 희미하게 흐트러진 옛 기억의 조각을 소환하며 더듬 더듬 밑으로 내려갔다.

경치를 배경으로 기념 촬영을 마치고 아래쪽을 내려다보니, 지렛 대 계단에 안전봉이 설치되었음을 확인하였다. 그래서 목적지까지 설치되었을 것이란 기대감이 탐사까지 갈 수 있다는 자신감으로 바뀌어 발걸음을 재촉하였다. 물론 사지 불안전 마비의 신체장애로 보행이 불안전하였다. 마치 애벌레가 나뭇가지를 옮기듯 느린 속도로 보행하였다. 그러나 친한 친구가 옆에 있음에 심리적으로 안정되었다. 따라서 우측 손으로 안전봉을 잡고, 고르게 설치된 지렛대 계단을 이용해 약 한 시간 반가량 이동하였다.

그러자 안전하였던 지렛대 계단과 안전봉은 사라졌고, 암석 지형에 따른 돌길과 황톳길이 연결되었다. 약 한 시간가량 헤치고 내려갔다. 이때 병풍 같은 암벽에 둘러싸이고 정면에는 형태가 자유로운 수많은 돌탑이 형성된 이색적인 탐사의 전경이 관조자를 놀라게 한다. 더욱이 내일이 석가탄신일로 불교도들의 기원이 담긴 채 매달린 연등들이 바람에 휘날리며 대기를 붉게 물들여 더욱 아름다웠다.

이때 우리의 생각이 양분되는 일이 발생하였다. 첫 번째는 친구가 이미 이색적인 탐사 아름다운 전경에 젖어 있음이 당연하였다. 그러나 나는 이곳 급경사의 미끄러운 돌길을 마주하니 피곤함이 밀려왔다. 더욱이 밑을 바라보는 순간 눈앞이 아찔한 현기증이 일었다. 아차

하면 회백색으로 퇴색된 시멘트계단이 반기며 나의 가슴에 안길 뻔하였다. 동시에 나의 발길은 한 발짝도 뗄 수 없는 상태가 되었다. 아니, 더는 움직이면 퍼질 것이라고 나의 신체가 경고하는 듯하였다. 신체적 결함에 따른 예기치 못한 돌발 상태가 발생한 것이다. 이때 나의 몸이 이야기함을 무시하고 계속 진행한다면 분명 많은 관광객에게 근심과 웃음거리가 될 것이다. 또한, 처음 찾은 친구의 관광에 대한 기대가 깨질 것이 분명하였다. 이때 나는 생각할 겨를도 없었다. 곧바로 친구에게 "나 더는 못 갈 것 같다. 나는 이곳에서 쉬고 있을 테니, 내려가 관람하고 기념사진 많이 찍고 올라와라!"라는 힘없는 말을 친구의 넓은 등에 업혔다.

밑으로 내려가는 친구의 등을 바라보며 서서히 계단에 궁둥이를 붙이고 주저앉은 채 먼 산을 바라보며 쉬고 있으니 갑자기 갈증이 밀려왔다. 마침 맞은편에서 올라가는 중학생 두 명을 발견한 내가 "학생, 물 좀 한 모금 얻어 마실 수 있겠어?" 청하자, 그 학생이 "제가 입 대고 마신 것인데, 코로나 감염 우려로 나눌 수 없습니다." 말을 하였다. 곧바로 내가 "밑으로 내려가야 하는데, 못 일어나겠어. 잠시 부축은 가능하겠지?" 묻자, 한 학생이 열심히 부축하였다. 그러나 75킬로그램의 무거운 체중인 나를 일으켜 세움은 무리한 부탁이었다. 연속 실패에 따라 미안한 마음에 보내고, 그 자리에 앉아 얄미운 계단을 내려다보며 친구가 올라오기만 기다리고 있을 때였다. 등 뒤에서 "탈진하신 것 같은데, 사탕 한 개 드셔 보시죠!" 하는 중년 남성의 음성이 들림과 동시에 내 손에 알사탕 하나가 쥐어졌다. 곧바로 입안에 넣고 몇 번 오물거리자 달콤한 맛이 입안에 감돌기 무섭게 금방 녹아 흔적 없이 사라졌다. 이후 계단 바닥을 짚고 일어서는 도전에 성공하였다. 그리하여 서서히 탑사로 내려갈 수 있었다. 이를 본 친구가 웃으며 "내려왔네!" 하며 손에 들고 있던 알로에 음료를 건네주어 마시며 내가 "되돌아갈 수 없는데, 내 휴대전화기는 알뜰폰이라서 인터넷이 끊겼으니 대신 검색하여 택시 호출을 부탁하자." 하였더니 곧바로 친구가 인근 가게로 향하는 발걸음이 분주하였다. 약 십여 분 지났을까? 친구가 "건강 기원 팔찌다." 하며 선물을 건넨 동시에 업소에서 받은 명함을 꺼내어 호출한 택시가 왔다. 붉은 노을에 물드는 뜨거움을 식히려는 듯 깊이 빨아들이는 사양저수지를 뒤로하고 친구 차가 있는 가위박물관에 도착해서 되돌아왔다. 사실 25년 전 버스로 탑사 정면까지 진입이 일상이었다. 따라서 사양저수지를 거쳤는데, 이번은 산행을 반대로 진입하였기 때문에 사양저수지와 인연이 안 됨의 아쉬움이 있었다. 그러나 나의 신체적 조건으로 무리한 산행을 하지 말라는 교훈을 얻은 유익한 등산이었다.

그날의 선물은 나의 건강 현상 유지를 위하여 왼쪽 팔목에 걸린 채 거실 천장의 LED 전등 빛에 친구의 고마운 마음으로 반짝이고 있다.

이날의 등산에서 출발 전 준비의 미흡으로 친구도 많이 당황하였을 것이다. 또한, 중간에서 도움을 준 학생과 중년 등산객의 도움에 고마움

을 전한다.

산행을 할 때 음료수는 휴대가 불편하다. 따라서 물 대신 오이를 준비하여 갈증 날 때 섭취하고, 알사탕 몇 개를 준비해서 피곤함을 느낄 때 입안에 넣기 위한 사전 준비의 필요성을 깊이 인식하는 계기였다.

포항의 밤바다

오늘도 여지없이 다른 날처럼 무료함에 젖어 있던 1월 말 주말이었다. 자주 전화하며 왕래하는 친하고 소중한 친구에게서 "주말인데 시골 내려갈게." 하는 전화를 받았다. 약 두 시간이 지난 오전 열 시 삼십 분 언저리였다. 친구가 "집 앞에 도착하였으니 나와라!" 하는 전화를 받고 잠바를 챙겨 입고 밖으로 나갔다. 그러자 나를 본 친구가 자기 애마인 쏘렌토 문을 열고 내렸다. 곧바로 "나! 커피 사 올게~" 말을 던지며 집 앞 포시즌마트로 향하였다.

우리는 나란히 친구의 애마에 승차하여 마트에서 산 커피를 나누어 마시며 이야기꽃을 피웠다. 그때 친구가 "야! 바닷가 가자!" 하는 제안을 했다. 곧바로 내가 "남당리 어때?" 묻자, 그 친구가 "호미곶 다시 가고 싶다!" 하였다. 그래서 딸에게 전화하였더니, 딸이 요통의 진통제와 신용카드를 챙겨 주었다. 즉시 친구의 휴대전화기를 왼손에 들고 오른손으로 내비게이션 앱에 접속하여 '포항 호미곶'이라 목적지를 입력하고 휴대전화기를 거치시킴과 동시에 출발하였다.

서해고속도로에 진입하여 약 한 시간 반가량 시간이 지났을까? 금강 휴게소에 도착하였다. 우리는 이곳에서 하차하여 먼저 용변을 보았다. 이후 점심을 위하여 식당으로 들어가던 중 코로나 확산에 따른 방역의 목적으로 입구에 설치된 전자 체온계 앞에서 체온을 측정 후 방명록을 작성하고 안으로 들어갔다. 투명 칸막이를 사이로 대각선으로 앉아 주문한 갈비탕이 뜨거웠지만 늦은 아점이기에 게 눈 감추듯 먹었다. 출입구 쪽으로 이동 중 여성 액세서리 매대를 발견하였다. 우리는 약속이라도 한 듯 나란히 그곳으로 발길을 옮겼다. 매대 앞에 도착하자 친구가 "가족 선물 하나씩 준비하지" 하며 상기시켰다. 그곳에서 아내의 목걸이와 딸 팔찌 그리고 아들의 허리띠를 구매하고 선물을 넣은 검은색 비닐봉지를 들고 나왔다.

2차선의 경부고속도로 진입한 친구의 애마가 시속 120㎞로 열심히 달린다. 간혹 거치된 휴대전화기가 화가 난 얼굴처럼 액정이 붉으락푸르락하며 '30미터 전방 과속 카메라'라는 기계음이 스피커에서 흘러나왔다. 이렇게 약 네 시간을 달려오자, 목적지인 포항의 진입로를 알리는 이정표가 보였다. 친구가 이미 지난 1일에 답사한 식당에서 내장탕으로 저녁을 하였다. 바닷가를 따라 건설한 도로를 따라 왼쪽에 상가가 일렬로 형성되었다. *코로나로 손님이 끊긴 매장 천장에 외롭게 매달린 백열전구만 얼굴에 환한 미소를 띠고 어서 오라 손짓하듯 흔들리고 있다. 오른쪽 바닷가의 선창에 키가 자유로운 배들이 서로 어깨동무한 채 사이좋게 단잠을 이루고 있었다. 또한, 선창을 따라 주차장이 잘 조성되었다. 친구가 주차하기 좋은 곳을 찾아 이동하다 보니 어느덧 끝*

선에 도착하였다. 잠시 휴식할 때 한치잡이 배의 집어등 불빛이 어둠을 뚫고, 발 앞꿈치에 밟혔다. 지금은 선크루즈 호텔 건설로 사라진 정동진 21소초에서 군 생활하며 매일 바라보던 옛 추억에 잠겨 본다.

내가 "원거리 운전하느라 고생했는데, 지역특산품인 대게와 과메기를 먹으러 가자!" 말하자, 친구가 "돈 아껴라!" 한마디와 함께 호미곶에서 자자며 차를 출발시켰다. 어둠이 두려운 파도가 서글프게 울부짖는 소리를 들으며 한 10여 ㎞ 진행한 듯 기억된다. 저 멀리 색이 변하는 원형의 불빛이 보였다. 친구가 "저곳이 목적지다!" 하였다. 바닥이 흙으로 된 넓은 광장이었다. 친구가 보행 장애가 있는 나를 위하여 화장실 가까이 정차하였다. 내리려고 창문을 열었는데, 친구가 일기예보를 보고 날을 잡았나 바람도 없고 기온이 좋았다. 특히 울퉁불퉁한 곳 없이 안정감이 있었다. 하여 우리의 발길은 약속이나 한 양 가로등의 불빛 안내에 따라 해맞이 광장을 향하고 있었다. 넓은 광장 가운데 서 있는 왼손바닥을 보면서 낯익은 생각이 들었다. 어두운 밤이었지만 가로등의 시설도 좋았고, 보도블록 사이 풀 한 포기도 없어 앞꿈치 걸림도 없었다. 또한, 안전하게 설치된 데크와 난간 덕분에 전망대에서 낙지 앞에서 기념 촬영을 하였다. 뒤로 돌아 차로 돌아오면서 친구가 "밤인데도 잘 걷네!" 하였다.

곧바로 내가 "지자체에서 잘 관리한 덕이지, 고마울 뿐이다." 하자 친구가 "불편해도 오늘 이곳에서 쉬자!" 하였다. 그러더니 30분가량 지났을까, 친구가 "왠지 잠이 안 온다. 아까 그곳으로 가자!" 하며 차에 시동을 걸고 출발하였다. 약 10분 이동하여 수협 정문 앞에 도착하였다. 마침 담배가 떨어져 옆에 24시 편의점에서 담배와 음료수를 샀다. 차에 되돌아 와 히터를 틀고 차박을 하였다.

호미곶 해맞이 연서
[부산문학 33호 선정]

다음 날 새벽 여섯 시경 기상하여 마른 눈곱만 떼고 호미곶 광장을 향하여 차량을 출발시켰다. 일곱 시가 되자 마치 민방위 훈련하듯 사이렌이 울렸다. 내가 깜짝 놀라자, 친구가 기상하라는 것이라고 설명한다. 차에서 내려 보니 바람도 없고 춥지 않은 일기였다. 더욱이 해무도 없고, 구름 한 점 없어 일출 관광하기에 아주 좋은 날이었다. 우리는 광장을 가로질러 해안선에 도착하였다. 설렘의 마음으로 올곧한 자세로 상생의 손 방면을 주시하고 있었다.

일곱 시 삼십 분경 면 수평선 끝 검정 이불에 분홍색 불씨가 보인다. 성장한 불이 하부 결막낭을 태운 태양이 붉게 충혈된 눈을 더욱 크게 떴다. 그때 타임머신을 타고 군복무 하였던 강릉 지역의 젊은 시절로 되돌아갔다. 당시 매일 아침에 만나던 거리보다 가까운 듯하다. 가슴이 뜨거워졌다, 힘차게 솟구침이 장엄하다. 그를 마주하여 가족의 건강과 행복한 생활을 위한 힘과 변함없는 우정과 사랑을 위하여 이름을 목청껏 외쳤다. 그리고 묵언의 기도를 하였다. 그때 친구가 "카페에서 커피 한 잔하자!" 권하였다. 카페에 들어서니 내가 필진으로 활동하고 있는 '강건문학'에서 시화전을 개최하였던 카페 '해파랑'임이 떠올랐다. 그곳에

서 모닝커피를 나눌 때였다. 새하얀 정장을 입은 갈매기들이 모여 합창하는 모습이 마치 종이배가 바닷물에 떠 있는 것 같다. 이렇게 멋진 배웅을 등 뒤에 남기고 승차하여 출발하였다. 그런데 얼마 되지 않아 운전하던 친구가 "계기판에 노란빛의 경고등이 깜박이네! 열다섯 먹은 낡은 차량이라 신경 쓰이네." 하며 걱정하였다. 마침 발견한 주유소에서 워셔액을 보충하였다.

이렇게 호미곶에서 멋진 추억 얻도록 이틀간 교대 없이 왕복운행으로 수고한 친구에게 "수고했다!" 말하며 손을 흔들며 수원으로 보냈다.

추억의 길

이슬비에 젖는 오동도

1월 말 토요일이었다. 점심을 마치고 그동안 밀린 독서로 탁자에 탑과 같이 높이 쌓인 책 앞에 섰다. '오늘은 밀린 독서를 해야지.' 하는 독백을 하면서 오른손에 한 권의 책을 집었다. 이와 동시에 소파로 이동하고 있었다. 미리 틀어 놓은 김영이의 '커피 향 사랑' 노래가 휴대전화기 스피커에서 흘러나와 거실에 메아리치고 있을 때였다. 노래를 들으며 책을 읽은 지 두 시간쯤 지난 시간으로 기억된다. 아마 오후 두 시가 넘은 시간이었던 것 같다. 갑자기 잘 듣고 있던 노래가 끊김과 동시에 벨로 바뀌었기에 휴대전화기 덮개를 열었다. 그러자 약자로 저장해 놓은 친구 이름인 C의 이름이 청색 바탕의 휴대전화기 액정에 한글로 표기되었다. 확인과 동시에 내가 "잘 지내지?" 하고 전화를 받았다. 그때 "나 자동차 정비 문제로 아산에 왔는데, 얼굴 보고 가려고." 하는 친구의 음성이 휴대전화기 스피커에서 나왔다. 생각지도 못한 방문에 놀라운 반, 반가운 반에 마음으로 밖으로 나갔다.

오늘은 웬일인지 친구가 차량을 닦고 있었다. 그래서 내가 "웬일로 차를 닦니?" 하고 물었다. 그러자 친구가 "이 주 전 네가 달리던 차 안에서 식은 커피 버렸잖아! 차벽에 말라붙었네!" 말하였다. 그 말을 들는 순간 무안함에 쥐구멍에 숨고 싶었다. 청소를 마치자 우리는 차의 문을 열고 나란히 승차하여 담배를 나누어 피우고 있었다. 그때 친구가 "나 시간 있는데 가고 싶은 곳 있어?" 하고 물었다. 그와 동시에 내 입에서 "여수!"라는 말이 튀어나왔다. 그러자 친구가 "여수 야경 좋다던데 지금 가면 볼 만하겠다."라는 말과 동시에 차량을 출발시켰다. 홍성여고 교문 앞에 잠시 정차하였다. 교문 초입에 있는 편의점에 들어간 친구가 음료와 담배를 사 왔다. 그리고 휴대전화기의 내비게이션에 목적지인 '여수'의 지명을 간단히 입력하고 출발하였다.

열다섯 살 된 친구의 애마 쏘렌토가 열심히 달리는 동안 차창을 스쳐 지나는 풍경을 구경하였다. 가끔 무료하거나 졸음이 올 때면 차창 유리를 내리고 담배를 피웠다. 그러다 보니 어느덧 차가 서해고속도로를 지나 낯선 지역을 달리고 있다. 한 세 시간이 지난 듯하다. 시장기가 괴롭힐 때 친구의 애마가 상호의 특이성에 웃게 되는 청도의 '갈고개 휴게소'에 도착하였다. 그곳에서 비빔밥으로 저녁을 하고 출발하였다. 이후 고창 광양 고속도로를 이용하여 저녁 여덟 시경 여수 자산공원에 도착하자 이슬비가 내리기 시작하였다. 우리는 경관 감상을 위하여 자산공원 정상에 도착하였으나, 이미 어둠이 사방을 덮은 시간이었다. 거친 파도 소리에 매일 밤잠 못 잔 거북선 대교의 신호등이 붉게 충혈된 눈을 오늘도 깜박거리고 있다. 이에 주변 상가의 불빛이 묻히지 않고 빛나 무척 아름다웠다. 우리는 불빛 따라 자산공원 정상을 회전하여 마을로 내려왔다. 그리고 '낭만 포차' 상가 앞에 주차하고 그곳에서 차박하였다.

다음 날 아침에 비는 그쳤으나 하늘은 여전히 찌푸린 인상이었다. 덕분에 차에서 내려 옆의 공중화장실에서 세수를 마치고 주변을 순회하며 기념사진을 촬영하던 중 이곳이 거북선 축제의 점등행사장임을 알게 되었다. 그때 다시 비가 내리기 시작했다. 그래서 차량으로 대피하였다. 친구가 "왔으니까 구경할 것 구경하자!"라며 내비게이션에 '오동도'라고 입력하고 차량을 출발시켰다. *목적지를 향해 진행하면서 해상케이블카와 엑스포에 유람선까지 근거리에 모여 있어 좋았다. 그래서 우리도 첫 번째 관람을 엑스포로 결정하였다. 관람을 위하여 진입을 시도하였다. 그러나 직원의 무료 주차장 입구는 있었으나, 세 번을 왕복하여도 진입로를 못 찾아 실패함이 아쉬웠다.* 그래서 케이블카 매표소 입구의 해안 쪽에 설치된 포장마차에 나란히 서서 따뜻한 오뎅 국물을 마시며 마음을 위안하였다. 일기는 춥지 않으나, 관광객들이 없어 더욱 썰렁하였다. 아마 코로나바이러스 방역 강화에 따른 것으로 생각한다. 계속 내리는 이슬비에 젖은 건물은 미꾸라지같이 미끈거릴 듯 보인다. 간혹 도로 가에 가로수로 소나무가 서 있었다. 뾰족한 잎 끝 부위에 빗방울이 방울방울 맺혀 우리를 내려다봄이 아슬아슬하였다. 또한, 검게 젖은 그늘진 얼굴을 한 도로는 매우 미끄러웠다. 더욱이 우산도 없이 걷기는 무리였다. 하여 관리실에서 차량 진입 허가증을 받아 오동도항 끝까지 들어갔다.

이곳에서 만난 동백 열차와 거북선을 보고 삼십여 년 전 선진지 시찰로 왔던 곳임을 알게 되었다.

꽃게다리를 걷다
[제1회 설봉문학 금상 수상, 춘하추동 창간호 선정]

지난여름의 뜨거운 햇볕에 울긋불긋하게 불붙은 이파리가 우수수 떨어지는 소리가 귓불을 스치며 간지럽히던 늦은 가을이었다. 가을을 타는지 친분이 두터운 친구가 주말을 맞아 연락도 없이 불시에 방문하였다. 마침 정오 이전이었다. 그래서 우리가 종종 이용하던 H 매운탕집에서 어죽으로 식사하고 있을 때였다. 갑자기 친구가 "시간 있으면 기분 전환 겸 드라이브하자!" 청하였다. 나는 사고로 말미암은 신체적 장애에 차량이 없어 여행을 못 하는 상황이었다. 그래서 여행시켜 주겠다는 고마운 마음임을 안다. 그래도 직접 고맙다는 말을 못 하였다. 대신 내가 "곰팡내 나는 책 만드는 글을 쓴다며 매일 집에 틀어박혀 생활하는데 시간이야 널널하다!"라고 대답하였다. 그러자 친구가 껄껄 호탕하게 웃는다. 곧바로 후식으로 마신 믹스커피 대신 친구의 웃음으로 가득 채운 커피 잔을 등 뒤로 하고 나왔다.

오늘의 목적지는 태안이다. 우리 모두 출생지가 이곳이라 지리는 잘 알고 있다. 그러나 최근 도로의 가설 공사가 많다. 더욱이 과속 단속용 카메라 위치를 모른다. 하여 즐거운 여행을 위하여 친구가 내비게이션에 목적지 '태안'이라 입력과 동시에 차량이 출발하였다. 29번 국도에 진입하였다. 좌·우측 차창 밖에 풍작으로 무게 감당이 어려운 듯 고개를 숙여 발등을 내려다보는 벼들이 논을 누렇게 물들였다. 그 황금물결을 뒤로하고 약 30여 분 달리자 해안도로에 진입하였다.

첫 번째 우리를 반기는 갯마을은 행정구역 홍성군 서부면 궁리다. 이곳에 지난 84년 현대건설이 완공한 총 길이 7,686m 서산 AB 방조제를 만난다. 우리는 차창을 열고 고속도로와 같이 반듯한 해안도로를 약 5분여 달리면서 바다의 향에 취해 본다. 이때 갯마을이 달려와 품에 안긴다. 이곳이 굴젓으로 유명한 서산시 부석면 간월도리이다. 또한, 오래된 암자 간월암도 있다. 이곳은 시간관계상 거쳐 약 40여 분 지났을까, 오래되어 회백색 피부로 퇴화한 태안 연륙교에 도착하였다. 그런데 이곳부터 우리가 아는 것은 몇 곳의 해수욕장밖에 없다. 그래서 갓길에 잠시 정차하여 인터넷 검색하던 중 '드르니항'이란 이색적인 명칭이 눈에 들어왔다. 그 명칭에 끌리게 되었다. 그래서 그곳을 목적지로 선정해 내비게이션에 입력 후 안내에 따라 국도에서 우측의 지방도로로 들어갔다. 조금 지나자 차가 원형 형태 도로를 따라 원을 그렸다. *곧바로 바다가 보였다. 이 바다를 사이로 두 개의 마을(드르니항과 백사장항)이 마주 바라보듯 형성되었다. 맞은편 마을은 백사장 해수욕장으로 숙박업소 및 일식집들이 많이 보였다. 그러나 이곳은 불과 10여 세대와 2~3개의 수산물 처리장이 도로를 따라 형성된 작은 갯마을이었다. 그런데 멀리 흰 팔을 벌려 하늘을 받치고 바다에 떠 우리를 환영하는 모습이 눈에 들어왔다. 그것은 우리의 호기심을 발동하기*

에 충분한 조건이었다. 우리의 두 입에서 동시에 "가까이 가 보자!"라며 무의도적 의견이 일치하였다. 이후 해양경찰 파출소 앞 주차장에 주차하여 안내도를 보자, 꽃게 형상의 인도교는 드르니항과 맞은편의 백사장항을 250m 연결한 꽃게다리다. 더욱이 바닷물이 만조 상태의 시간이었다. 우리 둘은 곧바로 꽃게다리 인도교에 첫발을 올려 진입했다. 회전 형태의 급경사 없이 완만하게 제작하여 편안하게 오를 수 있어 즐거웠다. 대개 가을과 겨울철의 바다를 여행하려면 바람이 없는 날 가야 한다는 말을 많이 들었다. 마침 바람도 없었고, 햇살도 좋아 높은 다리 위에서 바다 구경하기 아주 좋은 날씨였다.

더욱이 이렇게 높은 곳에서 내려다보니, 넓게 펼쳐진 푸른 바다가 두 눈 가득 차 마을까지 넓어지는 듯하였다. 더욱이 서쪽으로 기우는 태양이 떠나기 싫은 듯 바닷물에 박혔다. 이때 바람에 산산이 부서져 반짝이는 햇살이 두 눈에 가득 차 시리므로 바라보기 어려웠다. 또한, 반대 동쪽의 항구를 출발한 고깃배들이 제각각 연통에 하얀 연기를 물고 한 줄로 앞 어선을 따르며 발밑을 스치며 발바닥을 간지럽혔다. 이 모습이 마치 새끼 오리들이 어미를 따르는 것 같았다. 이때 내가 물 위를 걷는 은사 받은 구약시대의 능력자로 착각이 들기도 하였다. 그리고 폭이 넓어 안전하였다. 그래서 즐겁게 이야기하며 카메라에 추억을 담을 수 있었다. 백사장 쪽으로 진행할 때였다. 다가오는 갯마을 풍경이 낯익다는 생각이 들었다. 친구가 지난 2013년 부산에서 어깨관절 수술하였으나, 나의 여건상 문병을 못 하였다. 그때 친구가 퇴원하여 올라와 함께 우럭회를 먹었던 기억이 중첩되었다. 그때 기초 공사로 시야가 어수선하였다는 생각과 동시에 멋진 예술품이 탄생하여 많은 관광객에게 즐거움을 주고 사랑받고 있으니 반가웠다. 이번 탐방을 하면서 여름철 가족이나 연인과 함께 백사장항 쪽으로 진입하여 우측의 백사장에 텐트를 설치하고 캠핑한다. 그리고 아침과 저녁 시원한 시간에 꽃게다리를 함께 걸으며 사랑을 나누기 최적의 장소라 생각한다.

친구야! 변함없는 우정으로 좋은 추억 만들어 주어 고맙다.

뭍닭섬 탐방

강렬한 태양의 열기가 뜨겁다. 이러한 무더운 날씨에는 누구나 계곡에 흐르는 물소리를 들으며 시원한 물에 발을 담그고 싶은 마음일 것이다. 물론 나도 그리고 싶다. 그러나 아쉽게도 우리 고장에는 계곡이 없다. 더욱이 나는 사고 이후 오랜 시간이 지났지만, 잔존하는 장애로 지금까지 산행을 못 한다. 이러한 여건에 따라 바다를 종종 찾는다.

오늘은 어디에 갈까? 인터넷을 통한 장소를 검색하던 중 '뭍닭섬'을 발견하였다. 더욱이 이곳은 친구와 종종 방문했던 만리포 해수욕장 우측 끝부분으로 천리포와 연결된 경계지임을 알았다.

친근감의 역학적 끌어당김의 힘이 작용한 것인가? 너른 수평선 위를 넘실넘실 밀려오는 푸른 파도 위를 걷고 싶은 마음이 고무풍선과 같이 팽창하였다. 내일 출발하기로 약속과 동시에 차량을 수배하였다.

다음 날 아침 약속 시간이 되었다.
반가운 마음의 첨병을 앞세워 보내고 승차한 차량이 뭍닭섬을 향해 출발하였다. 차량이 약 90여분 달리자, 만리포의 넓고 푸른 바다가 시야에 펼쳐졌다. 광장에 도착하자 우리를 반겨 주는 푸른 파도와 수많은 갈매기 떼와 간단한 조우를 하였다.

어느덧 점심때가 되었다. 모처럼 바닷가에 왔으니 회 맛을 안 볼 수 없었다. 주차 가능한 횟집에서 우럭회로 맛있는 점심을 마쳤다.

승차하여 목적지인 '뭍닭섬'을 향해 우측 길을 따라 약 600m가량 이동하였다. 바닷물에 가까운 곳은 바닥이 딱딱하여 발이 빠지지 않는다. 그래서 최대한 바닷물 가까이 이동하였다. 조금 이동하였더니 가파른 경사로의 데크를 만났다. 위험하였지만 푸른 파도 위를 걷겠다는 생각으로 안전봉을 잡고 한 계단 한 계단 올랐다.

바로 앞의 흔들다리를 통과하여야 한다. 그런데 '노후로 위험하다'는 이유의 통제안내문이 붙어 있다. 그래서 흔들다리를 이용하지 못하고 안내에 따라 우회 통로에 도착하였다. 이곳은 행락객에 의해 자연적으로 생긴 통로였다. 더욱이 바닥이 울퉁불퉁하였다. 특히, 좌측으로 약 7m가량의 암벽 낭떠러지였다. 그럼에도 손으로 잡고 이동할 안전봉 하나도 보이지 않았다. 보행 중 실족하게 되면 큰 사고로 연결될 위험을 느꼈다. 보행장애가 있는 나에게 무리한 도전이기에 파도 위를 걷겠다는 희망을 내려놓고 걸음을 돌릴 수밖에 없었다.

급경사의 계단을 내려와 몇 발짝을 걸었을까? 가지 말라며 발목을 잡는 듯 비바람에 손상된 데크 구멍에 지팡이가 그 구멍에 꽂혔다. 잘

못하였다면 앞으로 고꾸라질 뻔하였다.

할미 할아비 바위

들녘 푸르던 이파리가 색동저고리로 갈아입는 초가을의 토요일이었다. 오늘은 오전부터 변화 없는 생활의 무료감이 나를 괴롭혔다. 이러할 때는 무조건 외출이 최고다. 그러나 아내가 장애를 얻고 난 후 외출을 싫어한다. 아이들마저 아내의 성향과 같다. 그래서 함께 외출하기 어렵다. 산책이나 운동을 할 때 나 홀로 외출함이 일상이다. 궁리 끝에 친구에게 점심을 같이하자고 전화하였다.

오전 10시경 친구 P로부터 "우리 집 앞에 도착했다. 나오라."는 전화를 받았다. 무료하던 차에 즐거운 마음으로 나갔다. 친구가 지인과 선약이 있었는지 젊은 친구와 동행하였다. 승차 후 협소한 공간이기에 어색하게 서로 눈인사로 갈음하였다. 친구는 목적지에 대한 설명이 없이 운전을 열심히 하였다. 약 30분 지났을까? 낯익은 바다의 풍경이 눈앞에 전개되었다. 자주 방문하는 서부면 궁리 포구 초입에 도착한 것이다. 지레짐작으로 운전하는 친구에게 내가 "간월도 가는구나?" 하고 물었다. 그러자 친구가 "이왕 왔으니 멀리 가야지!"라는 답변을 한 채 묵묵히 운전한다.

간월도에 가까워지자, 좌측 해안에 차량으로 가득한 광경이 차창에 넘쳤다. 간척 이후 매년 초봄이면 눈먼 숭어들이 몰려든다. 그 시기를 맞추어 훌치기 낚시를 즐기기 위하여 전국의 강태공들이 몰려드는 유명한 낚시 포인트이다. 가을철 망둥이 낚시 손맛 보려고 모인 것은 아니겠고, 오늘 대상 어종이 자못 궁금하다.

어느덧 간월도가 크게 입을 벌려 우리가 타고 있는 차를 빨아들이고 있다. 한 이십여 분간 진입하는 길에 행락객의 이동 차량으로 도로가 넘쳐났다. 수원에 생활하는 친구 C와 방문할 때와 반대 방향으로 진입하였다. 드르니항의 꽃게다리가 반갑다며 두 팔을 푸른 하늘 높이 들어 흔들며 반갑다 환영하였다. 예전과 달리 백사장 해수욕장 방면으로 진입하였다. 그때 멀리 수평선에서부터 파도와 달리기 시합에서 승리한 갯비린내음이 코끝을 자극해 폐에 가득 차 숨 쉬기 거북하였다. 노상에 주차된 행락객의 차량을 요리조리 미로를 뚫고 나가듯 피하여 간신히 앞으로 진행함이 답답하였다. 곧바로 바닷가 쪽에서는 어민들이 모여 그물을 터는 작업이 나의 발걸음을 가로막았다. 그뿐만 아니라 반대쪽에서는 향기로운 향에 취한 나비가 꽃에 달려들 듯 횟집의 호객 행위가 차 앞을 가로막았다. 꽃게다리 우측의 비포장 모랫길을 통하여 안면도의 삼봉해수욕장까지 이동하였다. 이동 중 민가를 보기가 어려웠으며, 모두 펜션과 모텔의 상업적 건물이 즐비하였다. 그사이 좁은 도로에 카라반이 군데군데 서 있어 진로를 막았다. 반대쪽 길 위 솔밭에는 연인이나 가족들이 함께 온 야영객들이 설치

한 각종 텐트가 바다와 마주하고 있었다. 또한, 여름이 우리 곁을 떠난 지 오래건만 장마에 밀려온 검은 수박들이 바닷물에 둥실둥실 떠다니고 있다. 기온이 낮아 감기에 걸리지 않을까 하는 오지랖이 앞선다.

차량이 조금 깊이 들어서자 이상하게 행락객 이외의 이동하는 주민을 볼 수 없었다. 그야말로 텅 빈 통조림통의 달콤함에 매료되어 들락거리는 개미 떼가 된 듯한 생각이 들었다. 최근 농어촌 인구 감소에 대한 정부의 우려 넘치는 행정이 실감이 났다. 이때 맞은편 산이 좁다며 밑으로 행정구역을 넓히다 들켜 수줍은 연록색의 미소 짓는 어린 칡덩굴의 얼굴과 마주하였다. 즉시 기념품으로 한 주먹 채집하였다. 집에 도착과 동시에 곧바로 장조림 하여 반찬으로 맛있게 먹고 있다.

이곳에서 우리를 태운 차가 서쪽으로 이동하여 나지막한 언덕을 오르며 우회전한다. 좌측으로 조그마한 항구에 나란히 정박한 어선들에 빨간 모자 쓴 듯한 다리가 밝은 미소를 띠며 우리를 환영한다. 이곳이 방포항이다. 이곳에서 아이스크림으로 갈증을 해결하며, 벽을 뚫고 나와 바다를 바라보는 특이한 나무를 발견하고 카메라에 담았다. 그 뒤편으로 할미 할아비 바위가 나란히 푸른 파자마 차림으로 일렁이는 파도에 목욕하고 있었다. 아직 일몰 시각이 아니라 멋진 광경을 보지 못하여 아쉬웠다. 그뿐 아니라 맞은편으로 빨간색의 다리도 아름다웠다. 그러나 초입의 곡선에서 촬영해야 했다. 초행이라 기회를 놓쳤다. 따라서 일몰 광경과 빨간 다리는 추후 다시 방문하여 카메라에 담기로 다짐하

며 다음으로 연기하였다. 오늘의 아쉬움 대신 무지개 모양의 둥근 해송
터널을 지나면서 상큼한 피톤치드 향을 폐에 가득 담았다.

돌아오면서 간월도에서 지역의 특산품으로 조리한 바지락 칼국수
를 저녁 메뉴로 매생이전에 걸쭉한 막걸리 한잔의 반주 맛도 빼놓을
수 없는 즐거움이었다.

청산 수목원 추억

우리가 안면도의 드르니항의 꽃게다리 관람을 마친 시간이 오후 네 시로 기억된다. 해가 떠나기 전 가까운 거리의 다른 한 곳을 더 둘러보고 싶었다. 그래서 출발 전 나 홀로 검색하였던 곳이 떠올랐다. 곧바로 차 주인 친구에게 내가 "청산 수목원도 가 보자!" 하였다. 그러자 친구가 즉시 내비게이션에 목적지를 청산 수목원으로 입력함과 동시에 자동차를 출발시켰다. 안내에 따라 약 10여 분 이동하자, 조그마한 산을 자른 듯한 오솔길이 나타났다. 이곳에 어떠한 안내표지도 없음은 물론 차량의 왕래 또한 없었다. 그때 친구가 "야! 잘못 들어온 것 같다." 하며 잠시 정차하여 주위를 둘러보았으나, 주변에 민가를 찾을 수 없었다.

잠시 후 친구가 "내비게이션을 믿고 안내 끝까지 따라가 보지 뭐." 하며 차량을 출발시켰다. 조금 진입하자 양 갈래 길이 나왔다. 이곳에 우측길로 진입하라는 안내표지가 있었다. 약 3분여 지나자 넓은 비포장의 주차장이 나왔다. 그곳에 주차하고 매표소에 다가서자, 입장료가 1인에 9,000원이었다. 그때 친구가 "와~ 경기도의 두 배네!" 하며 놀라움을 표현했다. 이후 방명록을 작성하며 총면적이 66만 제곱미터

(약 2만 평)라는 설명에 걸음을 재촉하였다.

약 10m쯤 들어섰을까? 키가 큰 낙우송이 파란색 이파리 흔들며 약 100m가량 이열종대로 서서 환영하였다. 그 앞을 지날 때였다. 하수오 꽃향 같은 달콤함이 바람에 실려와 내 코를 행복하게 하였다. 그래서 가까이 가 둘러보니, 꽃 색깔이 하얀색이었다. 그러나 하수오가 아니었다. 꽃 모양으로 보아 천리향 같았다. 그 달콤함을 뒤로하고 낙우송 끝 지점에 이르렀다. 이곳의 우측으로 약 30m 들어가자 카페와 화장실이 마주하고 있었다. 카페 샛길 사이로 키가 큰 갈대들이 긴 머리를 산들바람에 팔랑팔랑 휘날리면서 멋진 춤을 추며 유혹했다. 장관이었다. 그 유혹에 이끌려 다가서자, 갈대 밑에 땅꼬마 핑크뮬리가 군락을 이루고 있었다. 그 아름다운 꽃 색이 주위 바닥을 물들임은 물론 마주한 우리의 마음마저 핑크색으로 물들였다. 우리는 마치 초등학교 소풍 날 선생님들이 숨겨 놓은 보물을 찾는 듯 이곳저곳을 오가며 자세를 잡고 기념사진 촬영하느라 바빴다.

저 멀리 누렇게 익어 머리를 숙인 벼가 눈앞에 보였다. 어느덧 수목원의 끝점에 도달한 것이었다.

오늘 탐방 중 이곳에 연꽃 늪이 많았다. 그러나 연꽃은 4~5월이 절정이다. 그래서 이번에 못 본 아쉬움에 다음을 기약하고 돌아왔다.

추억의 길

간월도의 추억
[국보문학 176호 선정]

2021년 신축년의 두 번째 일요일이었다. 올해는 1일에 대설이 내려와 마을을 새하얗게 덮었다. 그 눈이 녹기 무섭게 어젯밤에도 새하얀 눈이 내렸다. 점심을 먹고 한가한 시간이었다. 그래서 소파에 앉아 휴대전화의 상단부를 마비가 있는 왼손으로 받쳐 들고 하단부는 아랫배에 거치시켰다. 그리고 그동안 미루었던 블로그를 열고 정리 작업을 하고 있을 때였다. 갑자기 휴대전화의 짧은 진동이 쥐고 있던 왼손가락을 간지럽혔다. 그러더니 멜로디로 바뀌었다. 동시에 액정에 친구 C의 한글 이름 문자가 나타났다. 전화를 받아 보자, 친구가 "점심 먹었냐? 집 앞으로 나와라!" 하는 음성이 스피커를 통해 내 귀를 울렸다.

두툼한 파카를 입고 밖에 나가니 친구가 우리 측 베란다를 피하여 시동을 켠 채 기다리고 있었다. 차에 오르자, 기다린 듯 친구가 "간월도로 갯바람 쐬러 가자."라며 차량을 출발시켰다.

출발한 차는 내비게이션 안내에 따라 29번 국도로 진입하였다. 추수가 끝나 대머리가 된 논들이 부끄러운 듯 하얀 벙거지를 쓴 채 앞으로 달려와 차창 뒤로 숨바꼭질하는 듯 숨기를 약 30여 분 하였다. 그러자 궁리항에 도착하였다. 바로 이곳이 서산 AB 지구 간척지 입구이다. 이곳에서부터 96번 지방도에 진입하였다. 약 5분여 후 공항의 활주로같이 반듯한 1,228m의 간척 길을 약 5분여 달리자 목적지인 간월도의 초입에 도착하였다.

이곳은 두 개의 섬으로 이루어졌는데 GPS도면을 확인하면 알파벳의 역 D 자 형태이다. 또한, 바닷가에 세워 놓은 피아노에서 아름다운 멜로디가 나오는 착각이 일게 하는 형태다. 이곳 초입에서 두 갈래 길을 만나는데 우측은 우회도로이다. 따라서 좌회전 신호를 받아 진입하여 2~3분 진행하면 약 40여 세대의 민가가 해안선을 따라 형성된 작은 어촌이다. 거의 일식을 판매하는 상가들이다. 이곳의 주민은 거의 자신의 배로 조업하는 어업과 양식업 그리고 요식업을 겸업하고 있다. 식당 위로 예전에 솔밭 야영장이 있다. 사고 전 친구들과 매년 여름 휴가철이 되면 방문하던 캠핑장소의 한 곳이다. 이곳 뒤편에 갯바위가 많은데, 자연산 굴과 골뱅이가 껍딱지같이 바위마다 다닥다닥 붙어 성장한다. 주민이 이 굴을 채집하여 젓갈을 담아 판매하였는데 그 맛이 일미였다. 그리고 개인적 추억이 몇 가지 있다. 그중 첫 번째로는 캠핑하면서 해가 진 깊은 밤이 되면 랜턴을 들고 내려가 바위에 붙은 굴과 골뱅이를 채집하였다. 채집된 것을 라면에 넣어 끓인 맛의 현혹되어 과식하는 바람에 설사로 고생도 하였다.

두 번째는 섬 뒤편으로 선창이 있는데, 어민들이 조업한 생선을 직접 다루어 판매하였는데, 일명 선상횟집이 많았다. 지금은 위생 관계

추억의 길

로 금지되었다. 아~ 그때 일렁이는 파도의 리듬을 느끼며 즐기던 회 맛이 그립다. 그런데 몇 해 전 그 소나무를 제거하고 관광객에게 무료 주차장으로 제공하고 있다. 그 후 이곳을 방문할 때면 그 추억들이 주 마등 되어 떠오른다. 일부 추억의 소멸에 아쉬움이 인다.

또한, 이곳을 방문하여 바다만 구경하면 큰 손해이다. 왜냐하면, 주 차장 아래로 또 하나의 작은 섬이 있다. 그곳에 고려 말 무학대사(서산 시 인지면 모월리 태생)가 달을 보고 도를 깨우쳤다는 의미에서 얻은 '간월암'이 있다. 그런데 이곳은 본 섬에서 약 30m 떨어져 있어 밀물 때 는 바닷물에 막혀 못 들어감은 물론 나올 수도 없다. 따라서 물때를 맞 추어야 구경할 수 있음을 잊지 말아야 한다. 이렇게 경관 좋은 곳을 가 까이에 두었어도 84년 이전에는 배편으로 왕래하던 서산시의 오지 마 을이었다. 따라서 궁리 친구네 올 때마다 먼 산 보듯 바라보던 곳이었 다. 현대건설에서 완성한 서산 AB 지구 간척사업 완성 후 대중에게 공 개되어 누구나 방문할 수 있는 힐링의 명소로 개방된 관광지가 되었다.

갯마을 추억

[지필문학 63호 선정]

겨울 날씨답지 않게 푸른 하늘에 햇볕까지 따스한 2월의 초순이었다. 햇살이 베란다 유리에 스며드는 눈부신 아침이었다. 10시쯤 되었을까? 소파에 앉아 페이스북에 메모하던 휴대전화에서 멜로디가 울렸다. 액정을 보니 수원에서 생활하는 친구 C의 이름이 액정에 한글로 떴다. 그 친구는 오래전부터 로또 1등 당첨률이 높은 유명한 업소를 찾아 구매하는 취미가 있다. 반가움에 휴대전화 액정 좌측의 원형 청색 버튼을 엄지손가락 끝으로 살짝 눌러 끌어 올려 통화를 시작하였다. 휴대전화기 스피커에서 그 친구가 "나 오늘 당진에 왔다. 홍성에 가면 만날 수 있느냐?"라고 물었다. 반가움에 수락하고 약 한 시간가량 지나자 도착하였다. 친구도 금연에 노력하는지 니코틴 함량이 가장 낮은 담배 'THE ONE 오렌지'가 차량의 변속기인 말뚝 기어 옆에 놓여 있었다. 무의식적으로 담뱃갑을 열어 한 개비씩 나누어 입에 물고 라이터로 불을 붙였다. 그와 동시 친구가 "오늘은 가까운 해안가 드라이브하자!" 하며, 나를 실은 차량을 출발시켰다.

원룸 지대가 등 뒤로 멀어지며, 우리 부부가 결혼식을 한 '한마음 예식장' 앞 국도 29호 외곽도로 앞에 도착하였다. 언제 목적지를 입력하였는지 내비게이션 안내에 따라 비보호 우회전하였다. 20여 분 달려 갈산농협 앞에 도착하여 90도 좌회전하였다. 이곳부터 지방도 96호에 진입하였다. 교량을 건너자, 모교인 갈산중·고교 입구에 도착하였다. 이곳을 달리면서 검정 교복을 입은 중학생이 삼삼오오 짝을 이루어 도로를 달리는 모습이 주마등 되어 흐른다. 이곳에서 서부면 방향으로 약 20분 달려가면 하촌 마을을 만난다. 현대방조제 건설 이전에는 이곳부터 바닷가였다. 이곳에서 약 15분 이동하면 하리교차로에 도착한다.

궁리포구 쪽으로 우회전하며 남당항로 바꾸어 탔다. 이곳부터 해안 도로가 시작된다. 오랜만의 방문이지만, 코로나-19 바이러스 방역 문제로 횟집은 모두 휴업 상태였다. 따라서 노상 주차 차량이 없어 교통은 편했으나, 마을이 텅 빈 듯한 스산한 분위기가 감돌았다. 서해안은 물때를 맞추어 방문하여야 바닷물을 만날 수 있는 특징이 있다. 오늘 무작정 방문이었으나, 바닷물이 만조 상태였다. 푸른 바닷물이 반갑다며 넘실 넘실 춤을 추며 우리에게 달려오는 듯하였다. 그 파도를 내려다보는 해님의 눈빛이 푸른 파도에 맞아 산산이 부서져 반짝이니, 두 쌍의 눈이 부셨다. 오늘과 같이 하늘과 바다가 하나가 되어 환영받는 우리는 행운을 얻은 것이다. 따라서 기분이 좋았다. 조금 지나 해안 경찰초소 언저리에 도착하자 마치 화재로 검게 그을린 듯한 외형의 건물이 보였다. 그런데 젊은 친구들이 많이 몰려 있었다. 웬일인가? 궁금한 마음으로 가만히 살펴보았다. 건물의 이색적 외형에 파도와 갈매기 소리

를 들으며 야외에서 차의 맛을 음미할 수 있는 장점을 살린 카페였다.

해안도로를 약 15분 이동하면 어사리 갯마을 회센터에서 점심을 하려 했다. 둘러보니, 활어회 전문 업체가 없고, 대하와 새조개, 해산물 위주이기에 메뉴 선택이 어려웠다. 서운한 마음을 뒤에 두고 곧바로 남당리로 이동하고자 해안도로에 들어섰다. 이곳도 예전에 산 뒤에 숨겨진 승차감 하나도 없는 농로였다. 그런데 언제 포장했는지 깔끔해졌다. 더욱이 해안 데크 조성으로 개발이 진행되고 있었다. 이동하면서 동해나 남해에 비하여 늦은 감은 있으나, 홍성군에서 관광산업 육성에 노력하는 모습이 엿보였다. 따라서 지역발전의 기대심이 일었다. 약 5분 이동해 남당리에 도착한 우리는 발길 당기는 업소에 들어가 바지락 칼국수로 간단한 식사를 하였다.

식당에서 나온 우리는 승차하여 남당항을 이동하여 어선들이 모여 있는 광경을 배경으로 기념 촬영도 하였다. 이후 스쳐 지나온 속동 갯마을 체험 마을 방문을 위하여 차량을 돌렸다. 약 8분여 후 속동 갯마을에 도착하였다. 오늘은 원거리에서 친구의 우연한 방문이라 승마 체험은 생략하기로 하였다. 하여 승마 체험장 입구에서 좌회전으로 주차장에 진입하였다. 마침 일기가 좋아 그런지 가족끼리 방문한 관객들이 많아 보인다. 간신히 주차하였다. 해안가에 마치 떠 있는 듯한 섬 같은 곳까지 데크가 잘 정비되었다. 데크를 따라 등산을 시작하였다. 조금 걷더니 친구가 덥다며 잠바를 벗어 허리에 두르고 양쪽 소매를 묶고 다녔다. 요소요소에서 사진 촬영을 하면서 약 15분 후 정상에 도착하였다. 그곳에 배 모양의 전망대가 설치되어 있었다. 이때 우리는 숲속에 이렇게 멋진 곳이 있을 거라고 생각을 못 했다. 놀라움과 동시에 다음에는 일몰 시각 맞춰서 오면 더욱 아름다운 광경을 볼 수 있었을 것 같다는 아쉬움을 등 뒤에 두고 내려왔다. 다시 오던 길과 반대로 약 50분 달려 집 앞에 도착하니 오후 5시경이었다. 친구가 앞으로 2백여 ㎞ 운전하려면 시장할 것 같아 내가 "조금 이르지만, 저녁을 함께하자." 권하였다. 곧바로 그 친구가 "저녁은 온양에서 다른 친구와 약속이 있다." 하며 뿌리치듯 차를 출발시켜 멀어져 가는 차량의 뒷모습을 보며 손을 흔들 수밖에 없었다.

다음 날 늦은 밤에 휴대전화의 멜로디가 울리기에 습관적으로 덮개를 여니, 액정에 친구의 이름이 거실을 밝게 밝혔다. 곧바로 휴대전화 좌측의 통화버튼을 끌어 올렸다. 통화 중 친구가 "어제 이른 봄 기분 냈더니, 갯바람으로 감기에 걸려 어렵다."라며 호소한다. 거동이 불편한 나를 위하여 시간 있을 때마다 여행시켜 주는 고마운 친구다. 빠른 회복을 기원하는 마음으로 글을 맺는다.

추억의 21소초 수색

사고 이후 보행 장애에 따라 여행을 못 하며 텔레비전 시청 및 독서로 칩거 생활하면서도 국내 해맞이 대표 관광지로 명성이 높은 강릉 지역 탐방이 꿈이었다. 더욱이 그곳에서 군 생활을 하였기에 나에게는 고향과 같은 지역이다. 그러나 시간이 지날수록 마비증세가 큰 왼쪽 다리에 근력 쇠퇴 증세와 더불어 무릎 관절에 통증이 간헐적으로 발생한다. 더욱이 허리뼈 부위 추간판 탈출 통증의 빈도가 잦아진다. 아무리 건강한 사람일지라도 이러한 증세가 있으면 보행에 큰 방해가 됨이 확실하다. 이렇게 나의 건강이 시간에 비례하여 나빠지는 현상이다. 더 나빠지기 전 군 복무 지역 탐방을 하고 싶은 마음이 더욱 상승한다. 그러나 보행 장애가 심각한 상태에서 혼자 여행은 모험이다.

이러한 나에게 수년 전부터 계절마다 방문하여 목적지까지 자신의 차량을 운행은 물론 안전을 위하여 동행하였던 고마운 친구가 있다. 그래서 염치 불구하고 그 친구에게 협조하였으나 거절함에 따라 나 홀로 여행을 계획하였다. 하여 여행하기 좋은 계절인 5월로 계획하였으나, 태풍 힌남노의 방해에 이어 네 차례나 변경하였다. 어렵게 9월 30일 방문 일정을 확정하였다. 그러나 이번 탐사는 이전과 다른 나 홀로의 여행이다. 따라서 가족들의 걱정도 많았음은 물론 나 또한 불안하였다. 그래서 현지 안전요원을 섭외하여 일정을 맞추는 등 나름 꼼꼼하게 준비하였다.

어둠이 떠나지 않은 이른 새벽녘 예약한 택시가 집 앞에 도착하였다. 식사도 거른 허기진 배를 안고 밖으로 나가 도착한 택시에 승차함과 동시에 출발하였다. 도로 양가에 이열종대로 50m 간격 유지하며 양팔 벌려 좌우로 나란히 서서 얼굴 가득 환한 미소로 내려다보는 LED 가로등의 밝은 눈빛을 가르며 북쪽으로 열심히 달린다. 약 두 시간가량 이동하였을 때 정동진의 푸른 이불을 걷어차고 일어난 태양빛에 어둠을 서서히 밀어내고 있다. 그와 동시 삼십삼 년 만의 만남의 설렘으로 단잠을 설쳐서 화장이 안 받아 뜬 듯 얼굴을 한 연무가 깊은 산골에서 내려와 시야를 가린다. 안개를 헤치며 두 시간가량 달려서, 강릉시라는 이정표를 만나자 더욱 반가움과 설렘이 앞선다.

이십여 분 이동하자 내륙지역에 가득하였던 안개도 사라지고 바람도 멈추는 동진이 쪽빛 반가운 너른 가슴 활짝 펴고 나를 반겼다. 이때 오랜 시간 깊은 그리움을 숨긴 태양까지 시샘하듯 바라보는 눈빛에 두 눈이 부셨다. 날씨가 좋아 더욱 반가운 만남이었다.

정동진은 예전에도 알파벳 소문자 y 자형 해안도로가 경계선인 양 해안과 마을을 나누었다. 바다를 마주한 몇 채의 상가가 있고, 뒤편으로 게딱지를 엎어 놓은 듯한 5~60호의 민가가 옹기종기 모여 있는 작은 동네였다. 그 뒤로 종이부채를 활짝 펼쳐 놓은 듯한 모양의 논뿐이었다. 그곳에 건물로 가득 찼다. 이렇게 변했으니, 내비게이션까지 국도를 못 찾고 비좁은 이면 도를 안내로 동네를 한 바퀴 돌며 열병식을 하였다. 헤매다 y 자형 해안도로를 찾았다. 차량이 즉시 y 자형 꼬리 부분으로 진입하자, 어젯밤 어둠을 삼킨 바다가 아침 태양에 에메랄드빛으로 반짝이는 얼굴을 삐쭉 내밀었다. 이곳이 나의 일병 시절 힘들 때 서로 마주하여 이야기하며 위로하던 바로 그 바다이다.

삼십삼 년 전 푸른 제복을 입은 초병이 서 있던 그곳이다. 당시 도로 좌측으로 연결된 백사장의 적 침투 흔적을 확인하며 매일 써레질하던 생각이 주마등 되어 흐른다. 매년 여름에는 휴가객의 간이 해수욕장으로 뜨거운 젊음의 함성이 칼날 철조망에 걸려 나풀거리던 곳이었다. 또한, 봄, 가을철에는 지역 특산품인 돌미역 덕장으로 활용되던, 폭이 그리 넓지 않은 백사장이었다. 또한, 매년 1회씩 정규적으로 시행되는 TS 훈련에서 아군과 대항군으로 나누어 침투와 방어작전을 하던 지역이었다. 이제 그 경계인 철책도 완전히 철거되어 찾을 수 없음은 물론 건조한 모래뿐이었다. 그런데 푸른 소나무를 심고 의자까지 설치하여 생동감 넘치는 휴식 공간으로 바뀌었다. 이름까지 '모래시계 광장'으로 개명하였다. 그뿐만 아니라 매년 정기휴가 때마다 휴가 출발의 설렘과 복귀의 아쉬움을 주던 정동진 정류소가 사라졌다. 그곳에 자리한 해안 경찰 파출소가 보인다. 좌측 길 해안으로 진입하자, 당시 21소초였던 곳에 마치 구약시대 홍수 대비로 건조한 노아 방주 같은 선크루즈 호텔이 두 눈

에 가득 찬다. 산봉우리에 정박한 광경이 웅장한 예술품이었다.

y 자형 좌측 머리 부분 끝 선이 정동진항이다. 이곳을 가려면 좌 네 번째 근무지에서 신분증을 제출하고 통과해야 했다. 지금은 근무지도 사라졌다. 그래서 파출소 앞에서 좌회전하여 약 500m 진입하였다. 그곳에 바닷물에 검게 젖은 채 배곯은 갈매기들의 휴식처가 되었던 갯바위가 있었다. 긴 세월 그리움 품은 채 기다림이 파도에 못 이겨 부서져 모래가 되었던가? 발아래 모래만 밟힌다. 관광산업 개발의 고통이 나의 가슴에 전이된다. 또한, 이제 삼십삼 년이란 긴 세월이 흘렀다. 따라서 머리도 백발이 되었음은 물론 허리까지 굽은 채 지팡이에 의존하여 걷는 나를 몰라보는 듯하여 섭섭하다. 이렇게 다중의 심리상태이지만 348㎞를 어렵게 달려왔다. 마음을 다잡고 사진 촬영에 전념한다.

이후 일병 시절을 보냈던 21소초였던 선크루즈로 향해 발길을 옮겼다. 어젯밤 전원 투입한 전우들이 아직 철수하지 않은 듯 보이지 않고, 좁았던 연병장 안에 자동차들이 서로 마주한 채 엎드려 낮잠에 취해 있었다. 그사이를 뚫고 입장권 구매하고자 매표소 앞에 다가갔다. 그때 마침 기다렸다는 듯 조그마한 사각형의 창문이 열림과 동시에 직원이 늦가을 불그스레하게 익은 단감같이 둥그스레한 얼굴을 삐쭉 내놓고 "오늘 보수작업으로 통제입니다." 말만 던지고 창문을 닫았다. 네 차례의 일정 변경에 따라 출발 전 홈페이지 확인을 못 한 실수였다. 그렇다면 심곡항에서 진입하여 왕복 약 6㎞를 보행해야 한다. 지팡이에 의존해 간신히 보행하는 나에게 큰 부담이 아닐 수 없었다. 또한, 탐방 시간도 두 배 이상 소요될 것이다. 아쉽지만 부채길 탐방은 다음으로 미루기로 하였다.

어느덧 점심시간이 다가옴에 예약한 안인진리의 고향횟집으로 향하였다. 그곳에서 현지 안내를 약속한 김진문(사다리 봉사단 회장님)과 만나 나의 저서 두 권과 강릉시에서 제작한 종이부채 선물을 맞교환하였다. 식사를 마치고, 훈련을 마친 이등병의 자대배치 받고 중대장께 신고식 하였던 삼척 추암 촛대바위(일출 관광의 명소)를 향해 안내하시는 사다리봉사단 김 회장님의 뒤를 따랐다.

추암 촛대바위 탐방
[한국민들레장애인문학협회 30호 선정]

정동진에서 출발한 택시가 동해시의 추암 촛대바위를 향해 국도를 열심히 달렸다. 약 40분 이동하였을까? 이동 중 6월 초 훈련을 마친 신병 12명의 자대배치를 축하하는 푸른 파도의 박수 소리를 들으면서 적 침투 흔적 확인을 위한 철책을 따라 수색하며 반나절 도보 이동하여 중대 본부에 도착 신고하던 때가 주마등으로 스쳐 지난다.

목적지에 도착하니, 산봉우리 밑 가장자리의 민가 서너 채가 어깨동무하며 외로운 달래며 길가에 나란히 서 있음이 떠오른다. 도로의 마지막 집 조그마한 담 좌측에 구릉지의 솔밭이 있었다. 초입의 허름한 위병소를 통과하여 솔밭을 따라 약 10m 걷다 보면, 커다란 축구공 무늬를 한 레이더 기지가 있었다. 생각에 젖어 걷고 있다. 정상에 있었던 레이더 시설을 해체하고, 산봉우리를 깎아 주차장을 가설한 듯 보인다. 많은 시간 속의 변화에 기억의 혼돈이 일 때였다. 바닷가와 맞닿은 시냇가에 노닐던 청둥오리 두 마리가 '꽥~ 꽥~' 합창하며 뭍으로 올라와 강아지와 같이 발밑을 따라다니며 환영함에 왠지 더욱 낯설었다.

이곳은 일출 명소로 바로 텔레비전 방송 시작과 마지막으로 애국가가 송출될 때 배경 영상으로 활용되고 있는 무대이다. 다리를 건너 잘 설치된 나무 데크를 따라 약 20분 오르면 일출 전망대와 만나게 된다. 중간 지점에서 안내하신 사다리봉사단 회장님의 소개로 동해농협(김○오 조합장)과 교류도 하였다. 안전한 둘레길 데크 덕분에 큰 어려움 없이 걸을 수 있었다. 그러나 암석의 형태에 따라 커브가 심하여 안전봉의 거리가 멀어 잡을 수 없는 위험에 종종 놓인다. 그때마다 사다리봉사단 회장님의 도움으로 무사히 정상 일출 전망대에 도착하게 되었다.

좌측 산봉우리로 이동하면, 깊은 계곡 사이에 몸을 숨기고 있던 추암 촛대바위의 자태가 발밑에 펼쳐진다. 발밑으로 솟아오른 촛대바위 보면서 그 얇은 몸매에 누구의 도움 없이 오랜 세월 홀로 서 있을 수 있을까 기괴함을 감출 수 없다. 그 정경에 도취하여 사진에 담으려 다가섰다. 발 앞꿈치에 좁은 공간의 네댓 개의 데크 계단이 나타났다. 각도와 높이가 높아 눈앞이 하얀 현기증이 일며 '평형장애가 있는 내가 과연 내려갈 수 있을까?' 하는 생각에 젖어 머뭇거릴 때였다. 옆에서 사다리봉사대 김 회장님께서 손을 잡아 주셔서 안전하게 다가가 감상은 물론 촬영에 전념할 수 있었다.

정상에 분명 레이더 시설과 중대 본부가 있었다. 그곳에서 중대장님이 일렬횡대로서 신고식 대신 각자의 입에 멸치회를 떠먹여 주시던 곳! 입안에 그때의 감칠맛이 감돈다. 그때의 시설물은 보이지 않고 그

자리에 육각형 기와 모자를 무겁게 눌러쓴 전망대만이 우뚝 서 있는 것을 마주하니, 마음이 혼란스러웠다. 내리막길을 따라 좌측으로 이동하자, 군 생활 중 보지 못한 석림의 기암들이 마치 병풍을 펼친 듯한 자태가 눈에 가득 들어온다. 괴이한 자태를 배경으로 열심히 기념 촬영을 하였다. 좌측 봉우리에 출렁다리가 있다고 한다. 데크를 따라 약 5분가량 오르니, 예당저수지 흔들다리와 비교하면 길이가 짧은 아주 앙증스럽게 걸려 있는 다리와 만났다. 미세한 흔들림에 다리를 건너는 데 어려움이 없었다. 다만 중심부에 설치된 망사형 철재 구멍으로 내려다보는 최소 50m가량 높이의 계곡 밑에 뾰족뾰족하게 서 있는 암석을 보는 순간 긴장하여 나도 모르게 머리카락이 솟구쳤다.

다만 이번 탐방에서 미숙했던 것은 잦은 일정 변경에 따라 출발 전 부채길 홈페이지를 확인하지 못함이다. 언제 다시 찾아 아름다운 심곡항 바다부채 길의 절경 체험을 할 수 있을까? 기약할 수 없는 다음에 대한 의문이 가슴을 무겁게 짓누른다.

끝으로 강릉에서 동해 탐방의 정보 제공과 마지막까지 안전 도모를 위하여 봉사하신 사다리봉사단 김진문 회장님께 깊은 감사와 앞날의 행복을 축원한다.

제3장

행복 속
괴로움

천년의 발자취

17년 전 어금니의 충치로 크라운 시술한 부위에 충치 재발로 브리지가 해체되었다. 하여 애초 시술한 G 치과의원에서 1주에 1회 통원 치료하고 있다. 치료를 마치고 나와 5층에서 엘리베이터를 타고 1층에 도착하여 출구를 나가자 따스한 봄기운이 볼을 스치기 무섭게 '이렇게 좋은 날 뭐 일찍 들어가려고.' 하며 눈이 부신 햇살이 유혹하였다.

그러나 특별한 목적지도 없었다. 그래서 나는 '운동 삼아 걷다가 몸 상태가 나쁘면 그때 콜택시를 호출하자!'라는 생각으로 출발하였다. 그러나 어느 누구와 특별한 약속이 있는 것도 아니었다. 실직 후 왕래가 끊긴 지인의 가게에 들릴까 생각하였으나 무작정 방문은 그들에게 난처할 것 같다는 생각이 발걸음을 무겁게 하였다. 그 짧은 시간에 몇 가지 생각하며 걷다 보니 나도 모르게 지인의 가게를 지나쳤다. 누구나 보행 중 이러한 경험이 있을 것이다. 특히, 나는 보행 장애가 심하다. 간혹 도로의 조그만 돌을 밟아 발목이 접질려 넘어짐의 사고로 연결되기도 한다.

이렇게 검정 정장 차림으로 한 족장 앞서 가는 지팡이의 친절한 안

추억의 길

내가 이어졌다. 그 안내에 따라 거북 걸음으로 한 발, 한 발 약 10여 분 걸었다. 재직 중 십 년간 매일 출퇴근한 정의 이끌림일까, 아니면 나쁜 발 버릇인지 알 수 없다. 나도 모르게 출근하는 듯 어느덧 군청의 정문을 통과하여 현관에 도착하였다. 로비에 들어서자, 요즈음 대중화된 코로나 방역 목적의 체온 측정 시스템이 설치돼 있다. 습관적으로 앞으로 다가가 마치 주민등록 사진 촬영하듯 카메라를 마주하고 전자 사진을 찍는다. 그때 '어! 내가 이곳에 뭐 하러 왔나?' 자문하며 발길을 돌려 출구로 나갔다.

이곳 군청 본관 건물 뒤편에 조선 시대 홍주 목사의 직무실인 안희당을 복원하여 보존하고 있다. 그래서 나는 '이왕 이곳까지 왔으니 후정에서 쉬어가야지.' 하며 발길을 우측으로 옮김과 동시 우측에 홍선대원군 친서를 대신한 이름표를 찬 안희당(22칸 목조 기와건물)이 시선을 사로잡는다. 바로 뒤편으로 당시 목사가 휴식하던 정자 여하정(고종 33년, 1896년 관찰사 이승우 축조)이 보존되어 있다. 연못 가운데의 고목의 자태 또한 눈길을 잡는다. 그 앞에 약 200여 평(661,57025㎡)의 천연 잔디의 정원이 후정이 있다. 이곳에서 5월 가정의 달이 되면 연로하신 부모님을 대상으로 리마인드 합동결혼식과 각종 행사가 개최된다. 그뿐 아니라 이 고장 신혼부부의 야외 촬영장으로 주민에게 개방 행복한 가정의 이루는 데 즐거움과 행복을 주는 명소로 자리매김한 지 오래다. 이곳에서 호주머니에서 조용히 단잠에 빠진 휴대전화를 꺼냈다. 그리고 몇 커트 사진을 담으면서 하늘 향하여 뾰족 손가락질하는

여하정의 고목에 왠지 쓸쓸함이 일었다. 그래서 5월경에 다시 보자는 약속을 뒤에 던지고 발길을 옮겼다. 나올 때는 옛 출입문인 홍주 아문 (사적 231호)을 관리하고 있는 곳으로 나오면서 역사의 정취에 취해 보았다. 이곳에서 우측으로 약 200m 이동하면 홍주성과 만난다. 그런 데 오늘 많이 걸었는지 마비가 있는 좌측 무릎관절의 통증이 괴롭힌 다. 초입에서 잠시 쉬었으나 자신이 없다. 그래서 홍주읍성은 다음 기 회로 미루기로 하고 중심부로 발길을 옮겼다. 약 5분가량 걸으면 조양 문(사적 231호)과 만난다. 이곳 조양문은 고종조 때(1870년) 목사 한 응필이 개축한 홍주성의 동문이다. 이후 1906년 을미조약 당시 일본 군을 상대로 홍주의병의 치열한 전투로 말미암아 파괴되었다. 이렇 게 일제강점기에 파괴된 홍주성의 관문 세 곳의 문루가 발견되었으나 아쉽게도 이곳 한 곳만 복원하였다. 그 후 지난 1975년 복원 보존되고 있는 선조의 얼이 서린 지역의 대표 유물이다.

또한, 홍성군에서는 홍주성 전체 복원 계획을 수립하고 문화재청 지원에 차례대로 진행 중이다. 충절의 고장 관광 자산으로 지역경제 성장에 시너지효과가 발생하리라 지역주민의 큰 기대를 받고 있다.

학군사관생도

나의 사고 당시 임신 5개월이던 아들이 어느덧 성장하여 대학교에 입학하였다. 그러나 성장기 아들이 축구를 무척 좋아했다. 더욱이 대부분 남아 청소년들이 월드컵 분위기에 흠뻑 젖어 있었다. 마침 아들도 축구가 취미인지 아니면 특기인지 묘연함에 빠졌다. 아니, 축구가 자신의 희망이란 말을 많이 하였다. 그러나 시골 지역에서 축구의 특기가 있는 학생을 전문적으로 양성하는 학교가 없다. 따라서 아들의 꿈을 달성하려면 축구부가 운영되는 학교에 입학 또는 전학을 통한 전문적인 지도와 훈련이 필수였다. 그러나 여기에는 막대한 경제적 지원이 필요충분조건이었다. 이의 부담감에 따라 아들에게 축구를 취미로 하도록 수많은 회유와 설득을 하였다. 많은 고민과 갈등이 있었으나 슬기롭게 잘 극복하여 다행이다.

이후 대학교 진학문제를 두고 가정의 경제력에 맞추어 가까운 학교에 진학할 것인가, 아니면 빚으로라도 대도시 학교로 유학을 하여야 하나 잠시 고민에 젖기도 하였다. 그러던 중 대한의 건강한 남성들은 징병제 의무가 있다. 이때 사병으로 병역을 이행함보다 개척의 목적으로 장교입영을 강조하였다. 그때마다 거부하던 아들이 생활근교의 대

학교는 있으나 단과대학이므로 학군이 운영되고 있는 종합대학교에 지원, 합격하였다.

그 후 적응 기간이던 1학년 1학기를 마친 여름방학이라 집에서 가족과 함께 생활하고 있었다. 여름방학의 끝 무렵 어느 날, 가족이 둘러앉은 밥상 앞에서 아들이 "올해부터 예비 2학년도 학군에 지원할 수 있도록 제도의 개선에 따라 저도 응시하였다." 한다. 그 말을 듣고 바른 선택이라고 칭찬한 지 며칠이 지났을까? 여름철의 무더위를 가르며 대전 병무청에서 정밀 신체검사는 물론 두세 번의 시험과 체력측정 참여로 분주하였다. 그러나 우리 부부는 신체적 장애라는 원인으로 한 번도 동행하여 응원하지 못하였다. 다만 여덟 살 위인 딸을 현장 리포트로 파견하여 스마트폰으로 촬영, 전송하는 영상을 바라보며 직접 응원할 수 없는 안타까움을 달랠 수밖에 없었다. 이후 처음 경험하는 심층 면접과 신원조회의 불확실한 과정에서 가족들 서로 눈치만 보고 있었다. 그 후 2학기 등록을 마친 후 귀가한 아들이 들고 온 학군사관 합격자 통지서 한 장에 그동안 내려앉았던 침묵이 사라졌다.

기본 군사 훈련

아들이 2학년 겨울방학이 되었다. 학군의 교육훈련 계획에 따라 방학이 되자 제 누이와 함께 기본 군사훈련 필요한 방한 장갑과 핫팩 등 겨울 용품을 준비하느라 일주일가량 바쁘게 보내고 있었다.

어느덧 예비소집일이 되었다. 아침밥을 일찍 먹고 큰 가방을 메고 "다녀오겠습니다."라는 말을 등기에 던지고 소집장소인 학교를 향하는 바쁜 발걸음에 실린 뒷모습이 금방 눈에서 멀어졌다.

저녁이 되자 검은 비닐이 온 세상을 덮은 듯 어두운 바닷가의 등대가 뱃길을 비추듯 휴대전화기가 아내의 얼굴을 밝게 밝혔다. 그와 동시에 아내가 '머리상태 불량으로 지적받았다'는 내용에 이어 급기야 '39도의 발현증세로 분리되었다'는 내용의 문자를 읽었다. 그리고 "코로나 감염 아닌가?" 하는 아내가 걱정스러운 음성에 이어 눈빛이 흔들렸다. 그래서 내가 "처음 하는 단체생활이라 긴장해서 그럴 거야! 걱정하지 말고 자"라고 했다.

다음 날부터 아침 일과 시작과 일과를 마친 저녁에 담당 훈육관으로부터 아들의 상태 설명과 '교육 시간이 부족한 것은 토요일에 추가 교육하겠다'는 내용의 전화를 받았다. 모든 교육생의 가정에 일일보고는 친절을 넘어 다른 문제가 있음을 인식하게 되었다.

삼 일째 되던 오후에 학군 담당 교수로부터 "귀가를 희망하니 온양까지 오셔서 데리고 가라!"라는 전화가 왔다. 어이없는 상황이지만 내가 '본인 의사를 확인하고 싶다' 하였더니, 훈육관을 거쳐 아들의 '군대조직에서 도저히 생활 못 하겠다'는 의사를 확인하고 귀가토록 하였다. 윤석열 정부가 출범하면서 사병의 월급을 인상하고 부사관과 위관급 장교 월급은 동결하는 정책이 시행되었다. 뿐만 아니라 사병의 복무기간이 18개월로 단축되었다. 그렇다면 학군과 학사는 중위로 제대하는데 그들의 복무기간은 28개월이다. 복무기간을 비교할 때 10개월이 길다. 이렇게 월급도 사병과 차이도 없으며, 반면 복무기간이 길다. 이러한 현실에 누가 장교로 근무하고 싶겠는가? 비교해 보니 내가 부모의 입장만 고집하며 떠밀었던 것 같다.

아들의 첫 번째 달방
[희망봉광장 39호 선정]

어느덧 아들이 성장하여 아산 탕정에 소재한 대학교에 입학하여, 한 학년을 마쳤다.

학년 승급하기 무섭게 인류의 유례없는 코로나-19 바이러스로 팬데믹 재앙이 시작되었다. 개인의 건강 유지를 위하여 개인위생 관리는 물론 사회적 거리 두기 등의 각종 방역 정책의 시행에 따라 경제 침체가 가중되고 있는 실태이다. 그 와중에도 아들은 수강 신청과 등록금 납부 등 학사일정에 따라 준비에 분주하였다. 며칠 후 아들이 "학교 기숙사 시설 부족으로 1학년 위주의 선정 방침에 따라 떨어졌다." 하며 원룸 임대를 청구하였다. 아들이 거리 관계상 통학이 어려움에 원룸 임대가 필요하였다. 아산이 거리로 가까웠지만 아마 이번이 세 번째 방문으로 기억된다. 오히려 서울 방문이 많았던 것이 사실이다. 그러하니 주소만 가지고는 이해하기 어려웠다. 또한, 자취생활에 필요한 세간살이 운반을 하여야 하는데, 장애인 콜택시로 다녀올까 혼자 며칠 고민하였다.

개강일이 다가오자 아들의 마음이 조급해지는 듯하였다. 딸과 함께

학교 인근의 원룸을 임시계약하고 돌아왔다. 안전한 계약을 위하여 소유자와 법률적 관계 확인 방법의 교육 차원에서 법원의 등기부 등본을 발급하였다. 대조 결과 이건 웬 시추에이션인가? 부동산 계약에서는 등기명의자의 계좌번호 제시가 기본이다. 그런데 이름이 서로 달랐다. 아무리 사회경험이 없는 학생을 대상으로 한다 하더라도 그렇지, 이럴 때는 누구나 황당할 것이다. 요즈음에도 이렇게 계약이 성립되는가? 의구심이 일음과 동시에 믿음이 한순간 와르르 무너져 내렸다. 소비자의 권리보호를 위하여 확인이 필요하다는 생각에 따라 문자 문의하였다. 잠시 후 남편의 상속 부동산이며 관리는 본인이 하기에 편의상 본인 계좌를 보낸 것이라는 답변을 받았다. 본인의 6개월 월세의 일괄 수납을 위한 요식행위가 아니다. 입주를 위한 주인과 사용자의 쌍방합의의 엄연한 법률행위이다. 이러한 경우 건물주 측의 일방적 일탈행위가 아닐 수 없었다. 떨어진 신뢰 구축을 위하여 계약 당일 가족관계 확인 작업이 필요하였다. 하여 가족관계 증명원과 주민등록증을 준비토록 부탁하였다.

약속 기일이 되어 준비한 등기부 등본과 작성한 임대차계약서를 지참하고 출발하였다. 우리가 승차한 밴콜이 아산역의 좌측 도로를 약 10분 이동하자, 차창에 스치는 사과나무를 목격하면서 이전 사과 수원 단지였음을 인식하게 되었다. 큰길 분기점에서 하차하였다. 좁은 골목길을 따라 약 5분여 걸었을까? 마을에는 아들 나이보다 더 먹어 보이는 듯한 건물들이 가득하였다. 옆에 걷던 아들이 오른손을 들어

추억의 길

가리키며 "아빠! 저기 저 집이야!" 하였다. 마치 나이 든 얼굴 주름 감추려는 듯 타일로 미백 화장을 짙게 한 3층 건물이 크게 입 벌리고 서 있었다. 아들의 안내에 따라 늙어 치아가 다 빠진 듯한 입구를 통하여 거무스름한 곳을 향해 한 발, 한 발 뒤따라 들어갔다.

안에 들어서자, 봄바람을 맞으면 떨어질 듯 위태롭게 형광등이 천장을 붙잡고 있었다. 노화로 인하여 얼굴에 검버섯 생긴 듯 양쪽 끝에 검정 띠가 선명한 형광등이 늦잠에서 덜 깬 눈을 비비듯 깜박깜박 머리를 내려다보고 있었다. 기분이 을씨년스러웠다. 그 밑 계단에 연결된 난간은 부러진 채 떨어져 관리가 허술하다는 느낌이 들 때였다. 아들이 전화하자, 150㎝가량 되는 둥글둥글한 체형의 마흔 중반의 아주머니가 위층 계단에서 내려왔다. 방문을 열어 주고 들어가기 무섭게 아들에게 계약서의 서명을 요구하였다. 그 후 통장계좌에 잔금 입금을 안내하였다. 그런데 계좌주의 이름 뒤 자가 달랐다. 이럴 때 차명계좌로 오해받기 쉬운 일이다. 나 또한 궁금증이 유발되어 물은바, 개명 전 통장이라 설명한다. 개명하였으면 거래은행에 간단하게 명의변경 신고하면 되는 것이다. 그런데 그것조차 안 하고 바쁘다는 핑계가 오해를 풀 수 있는가? 이러한 행동이 불신의 씨앗이다. 그럼에도 마치 자신이 그리스도나 석가인 듯 따지지 말고 무조건 믿으라는 듯 두 눈 크게 뜨고 나를 바라보는 얼굴을 마주함에 거북하였다. 마침 개인택시업 하는 남편의 차량 등록증으로 어렵게 확인과 동시 잔금 입금으로 계약을 완결하였다. 이번 계약을 통하여 피해는 없어서 다행이었다. 다만, 기본을 지킴으로 상대방에게 최소한의 예의를 지키며 생활하였으면 좋겠다고 깨닫는 기회였다.

급기야 바이러스가 확산 추세에 따라 전국의 모든 학교에서 비대면 수업으로 전환되었다. 뒤를 따라 아들도 집으로 돌아와 집에서 인터넷 수강으로 학기를 마쳤다.

이상한 구정

명절이 다가오면 누구나 가슴 설렘이 일기 마련이다. 요즈음에는 산업의 급진적 변화로 명절의 분위기가 사라졌다. 70년대만 하여도 1차 산업인 농업이 국가의 역점사업이었다. 따라서 가족들이 인근에 마을을 이루어 생활하는 집촌 지역이 형성이 특징이었다. 경제적으로 어려운 시기여서 평상시에는 인근 4촌 형제와 자매의 옷을 물려받아 입고 생활하는 실태였다. 이때 명절에는 어린이들에게 세 가지 공통 기쁨이 있었다. 명절 앞두고 부모가 새 옷을 사 주셨다. 이것을 빔이라 칭하였다. 그래서 명절이 다가오면 새 옷을 입을 기대감의 그 설렘이 첫 번째다.

또한, 그때는 고작해야 십 리 사탕과 라면땅 그리고 쫀드기가 대표적 군것질이었다. 그러나 이것도 용돈을 받는 일부 층의 특권이었다. 하여 매년 겨울에서 봄까지는 고구마와 옥수수가 서민의 대표적 점심이었다. 그리고 뒷산에 자생하는 칡뿌리를 캐어 마치 껌처럼 질경질 경 씹다 보면 입술 전체를 검게 물들였다. 이것이 대표적 간식이었다. 그러니 명절에 조상님께 올릴 차례를 위하여 기름진 음식 내음이 온 마을을 물들인다. 그때 맛있는 음식을 먹는 즐거움이 두 번째 기쁨이었다.

그리고 어린 시절 본가의 경제력이 녹록지 않았다. 그래서 삼촌이 멀리 부산으로 분가하셨다. 따라서 명절 때마다 방문하셨다. 그때마다 용돈과 함께 한 아름 들고 오신 선물을 가족들에 나누어 주셨다. 이렇게 명절 때에만 받는 용돈과 선물 받는 것을 얼마나 기다렸는지 모른다. 이것이 세 번째 기쁨이었다.

매년 명절이 되면 이러한 기쁨에 찬 마음으로 몇 날 밤잠 못 이루던 어린 시절이 떠오른다. 그러나 2020년 신정부터 코로나-19 바이러스의 확산에 따라 방문은 못 하고 저마다 가정에서 명절을 보내게 되었다. 그래도 명절의 기분은 남았다. 처가에서 장모께서 떡을 보내셨고, 딸이 코로나바이러스로 비대면 수업 중인 동생과 함께 시장을 봤다. 그 후 마비로 불편한 엄마를 도우며 요리하느라 주방이 부산하다.

이렇게 음식이 완성되었다. 아내가 철질로 완성한 전을 소파에 앉아 휴대전화를 이용하여 페이스북을 열고 습작에 매진하는 나에게 한 접시 가져왔다. 가져다준 전을 씹을 때였다. 갑자기 입천장에 이질감에 이어 우측 어금니가 허당으로 느껴졌다. 이후 음식을 씹을 수 없게 되었다. 더욱이 명절연휴이기에 치과가 휴진이었다. 그렇다고 이러한 증세로 응급실 진료를 받기에는 그랬다. 그래서 연휴가 끝나면 진료받기로 결심하였다.

저녁식사를 마치자 얼굴에 부종 증세가 심해진다며 아들과 딸이 서로 응급실에 가 보자고 권유하였다. 그러나 나는 대수롭지 않은 것 가지고 부산떨지 말라며 거절하였다. 누군가 했던 '통증은 어두운 밤에 심하다.'는 말이 맞았다. 밤이 깊어질수록 통증도 깊어졌다. 그래서 상비용 진통제(게보린)를 복용하여도 효과가 없었다. 그래서 침대에서 뒹구느라 잠시도 잠을 못 잤다. 밤새 괴롭히던 통증이 아침이 되자 완화되었다. 밤새 못 잤기에 낮잠으로 대체하며 나흘간의 연휴를 보냈다.

　　누구에게나 즐겁고 행복해야 할 명절에 나는 깊은 고통의 늪에서 허우적거리며 보냈다.

충치와 대상포진

[백제문학 22호 선정]

2020년 새해를 맞는 1월 1일이었다. 저녁이 되자 치통이 나를 괴롭힌다. '그동안 관리 태만으로 충치가 진행되었나 보다.'라는 막연한 생각으로 상비하는 진통제를 복용으로 진통을 억제하고 어렵게 잠을 청하였다.

다음 날 아침 일찍 단골 치과를 방문하여 X-선 검진 결과 충치가 많이 진행되어 보철이 필요하다는 진단을 받았다. 치료에 대한 설명을 듣고 수락하자, 의자에 반듯하게 누워 있는 상태로 준비된 파란 천으로 얼굴을 덮자 마치 시체가 된 듯이 오싹하였다. 이후 입에 맞추어진 천의 구멍을 통하여 내 앞니를 끊어 내는 드릴의 진동이 긴장한 가느다란 머리카락을 곤추세웠다. 모터 소리가 긴장감을 더욱 높여 온몸에 전율이 감돌았다. 이렇게 충치 제거를 하고 2주 후 예약을 하고 집에 돌아왔다.

몇 시간이 지났을까? 갑자기 입안의 불쾌감으로 거울을 보자 뾰족하고 투명한 기둥 모양의 물집이 입천장에 가득 있었다. 이를 확인과 함께 화상으로 착각하여 내가 언제 실수로 뜨거운 물을 마셨나 떠올렸으나 기억나지 않았다. 시간이 흐르면서 수차례 혀와 마찰해도 터지지 않고 점령한 입안을 떠나지 않고 있었다. 더욱이 깊은 밤이 되자 우측 턱관절의 통증으로 어금니를 물고 있기 무섭게 얼굴 광대뼈를 정으로 깎는 듯한 통증으로 반격이 이어졌다. 그 후 눈언저리의 안와까지 공격하니 뼈가 깨질 듯하고 눈에 예리한 바늘이 주기적으로 찌르는 듯하였다. 이렇게 동시에 여러 곳에서 발생하는 통증과 싸우다 보니 두통까지 이어졌다.

　다음 날 동이 트자, 역시 입천장에는 혀에 물집이 돋은 이질감으로 물 마심조차 거부당하였다. 더욱이 밤잠을 설쳐 그런 것인지 머리가 먹먹하였지만 견딜 만하였다. 그래서 아내와 딸이 예약한 재활치료를 참관하는 병원에 도착하였다. 이때 만나는 이 모두 걱정스러운 얼굴로 한결같이 '나의 얼굴이 이상해졌다' 표현하였다. 그래서 진료시간에 맞추어 이비인후과에서 검진 결과 대상포진 진단을 받았다. 이어 '두부에는 약 5% 발병률인데 매우 위험하다'는 주치의 설명에 이어 진료의 부담감 때문인지 '왜! 나에게 오셨나요?'를 읊조리는 소리가 나의 귀에 들렸다. 그때 짧은 시간 '이곳에서 치료를 못 하는 중증질환인가?'와 '그럼 대학병원으로 전원 치료해야 되는가?'의 두 가지 문제로 떠올랐다. 곧이어 검진을 마친 주치의가 "안과와 피부과의 진료소견 후 결정하겠다"라는 설명에 마음에 불안감이 가득 찼다.

　그 후 안과와 피부과에서 별다른 소견이 없음을 확인하더니 약물치료를 착실히 하자고 권하였다. 그 후 약 2개월 약물치료를 하였으나,

마치 발치를 목적으로 치과에서 마취한 것이 풀리지 않은 듯 우측의 입술과 얼굴이 아리고 뻐근함이 지속하였다. 하여 피부과에 호소한 바, 주치의가 "처음과 같이 극심하지 않으면 진통제 복용하지 말고 견디면서 항체가 5년까지 남아 있니 환갑 때 예방주사 맞으라"고 설명하였다. 이후 이비인후과에 방문하자, 주치의가 "초진에서 입천장과 혀의 물집에 칼슘이 붙었을까요?" 내게 묻는데 나 또한 알 수 없는 질문이기에 답을 못 하고 모든 치료를 마쳤다.

지금 생각하여도 긴 기간의 그 깊은 통증은 다시 경험하고 싶지 않은 고통이었다. 잊지 말고 예방 주사를 맞아야겠다는 굳은 결심을 한다.

발치
[부산문학 34호 선정]

무엇이 언짢은지 아침부터 하늘이 찌푸린 얼굴이다.

우리 부모와 형제는 가족력인지 아니면 치아 관리가 귀찮아 관리를 게을리한 탓인지 알 수 없으나 가족의 치아 상태가 모두 부실하다. 또한, 당시 의료시설이 열악하였다. 따라서 충치로 온 가족이 고통 속에 생활하였다. 그때마다 약방에서 진통제 사리돈을 구매해 먹으면서 진통을 완화했다. 그러나 사리돈도 내성이 있는 것일까? 약효가 없을 때가 많았다. 더욱이 치통은 밤에 더욱 심했던 것으로 기억된다. 깊은 밤, 잠 못 자며 고통에 괴로워 신음할 때면, 누구나 부모님으로부터 "사탕을 많이 먹어 그렇다!" 꾸지람을 들은 기억날 것이다. 그런데 우리 가정 경제상 녹록하지 못하여 군것질도 못 하였다. 그럼에도 치통을 호소하면 부모님에게 언제나 똑같은 꾸지람을 들었다. 그러나 할아버지는 아무 말씀이 없으셨다. 다만 치통으로 고생하는 어린 손자의 안쓰러움에 청력 장애인이신 할아버지께서 일어나셨다.

그 후 무겁게 누르고 있는 어둠을 양손으로 헤치며 벽을 더듬으시며 한 발, 한 발 벽장 쪽으로 이동하셨다. 그리곤 한 손을 벽장 안에 차

곡차곡 쌓인 이불 속 깊이 넣으시며 밤알 크기만 한, 둥그스레하게 뭉친 종이 뭉치를 꺼내셨다. 손때 묻음인지 포장지가 누렇게 탈색되다 못하여 거무튀튀하며 불결한 이미지로 기억된다. 할아버지는 매우 익숙하신 손동작으로 종이를 푸시며 검게 굳은 것을 꺼내셨다. 그리곤 손끝으로 들깨 씨알 크기만큼 잡아 조그마한 칼로 자르시며 떼어 주셨다. 그러면서 할아버지께서 "요거 할아비가 먹는 아주 쓴 사탕이니 꺼내 먹으면 안 돼~요!" 하시며 주셨던 것이 생각이 떠오른다. 그런데 그 알사탕을 받아 혀 밑에 넣음과 동시에 신통하게 진통이 사라졌다. 그래서 편안히 잠을 이룰 수 있었다. 그때는 어린 나이였기에 그것이 무엇인지 몰랐다. 아마 시골에서 태어나 성장하여 경험이 있으신 분은 "아~ 거시기… 그것!" 하며 기억이 떠오를 것이다.

이렇게 어린 시절 치아 관리 태만으로 성장하면서 28개의 치아 중 양쪽의 어금니 부위에 충치의 공격을 많이 받게 되었다. 시간이 흐르면서 충치의 수가 16개로 늘었다. 급기야 그의 절반인 8개를 발치하였다. 그 중 어금니가 많았다. 따라서 어금니 부분이 치아가 없는 빈 잇몸 상태에 이르자 음식물의 저작이 어려워졌다. 하여 결혼 후 적립한 만기된 적금으로 작은 고모님 소개로 광천에서 양쪽 어금니를 뒷거래로 크라운 시술을 한 것으로 기억된다.

몇 년을 사용했을까? 정확히 기억할 수 없다. 아마 좌, 우측 어금니가 동시에 빠진 것으로 추정이 된다. 그래서 경제적 부담감으로 크라운을 못 하고 J 치과에서 응급으로 그때그때 아말감으로 치료하며 생활 중 지난 2003년 좌측 어금니 위쪽과 아래쪽 모두 양쪽의 성한 치아에 크라운을 브리지로 연결하여 생활하게 되었다.

그런데 말썽 없이 잘 사용하던 좌측 위 어금니가 충치 공격으로 부식되어 크라운이 빠지고 말았다. 때가 설 연휴로 꼼짝 못 하고 연휴가 끝나길 기다렸다.

누구나 치과 하면 충치를 없애기 위하여 치아를 가는 드릴 소리에 겁에 질린 어릴 적 공포가 떠오를 것이다. 그러나 정녕 고통은 그 뒤부터 두 가지가 따른다. 첫 번째는 처음 마취제가 투여되는 주삿바늘이 잇몸을 찌르는 고통이다. 그리고 두 번째는 충치 구멍을 통하여 얇은 철사 같은 줄로 신경을 정리할 때 고통이다. 이때 너무 아파 두 다리가 들림과 동시에 눕힌 의자에서 내리고 싶은 생각이 절로 든다. 최근 충치가 음식 섭취 후 올바른 양치가 안 되어 그 찌꺼기가 치간에 끼어 부식됨이 그 원인으로 밝혀졌다. 따라서 올바른 양치 생활이 건강과 자산을 지키는 기본임을 재인식한다.

임플란트 식재

모든 이들이 즐거움에 젖어 있는 고유의 명절인 설 연휴였다. 우리 아이들도 저희가 명절 기분을 내고 싶었나 보다. 남매가 나란히 시장에서 먹거리를 준비하였으나, 딸이 상반기 발령을 받아 매일 아침 일찍 출근한다. 그래서 뇌경색 후유증의 편마비로 몸이 불편한 아내가 장바구니를 풀고 혼자 음식 준비로 주방이 부산하였다.

얼마의 시간이 흐르자, 완성된 음식을 안주로 삼아 맛있게 먹고 있을 때였다. 갑자기 입안에 딱딱하고 둔탁한 이질감이 느껴졌다. 즉시 우측 손을 펴고 뱉자, 왼쪽 위 어금니 부분에 텅 빈 곳이 혀끝에 느껴졌다. 그와 동시 치아를 감싸고 있었던 보철이 우측 손바닥으로 무겁게 떨어졌다. 이럴 때 치아의 미세한 이동에 따라 빨리 치과를 방문하여야 한다. 그런데 명절 연휴라서 모든 치과가 휴진이었다. 그야말로 큰일이었다. 도리 없이 다음 첫 영업일에 진료 받을 수밖에 없었다. 연휴가 끝난 첫 영업일에 진료를 받았다. 그 결과 치과의사가 "크라운을 17년 사용한 것은 처음 본다"라고 놀라면서 어금니 충치가 너무 심하여 개별 크라운하고, 그 옆으로 임플란트 한 개 심어 반대쪽 치아에 크라운으로 세 개 브리지를 할 것을 권하였다. 그런데 문제는 임플란트는 개당 130만 원에 크라운은 개당 35만 원으로 만만하지 않은 견적이 나왔다. 그래서 약 한 달가량 매주 1회씩 방문 치석을 제거하다가, 마지막 날 어금니만 아말감인 레인으로 마감 처리하였다.

그 후 임플란트 가격을 문의한 결과 관내는 모든 업체가 동일 품명만 사용하는지, 아니면 협정 가격인지 알 수 없으나, 공교롭게 가격이 같았다. 그러나 시장성의 차가 있다. 하지만 서울 강남지역이 이곳과 같은 재질 오스템이었는데, 가격은 1/3 가격에 시술하고 있었다.

이때 두 가지의 아쉬움이 발생한다. 첫 번째 임플란트의 종류가 다양한 것으로 알고 있다. 그렇다면 고객에게 제품을 제시하여 필요한 제품을 선택함이 바른 유통구조일 것이다. 그리하면 가격 또한 다양하게 나타남이 정상일 것이다. 그러나 이렇게 획일적 가격이 나올 때 고객 처지에서 어떻게 생각할까? 두 번째는 시장의 자율성을 인정한다. 그러나 같은 제품이 3배 이상의 차이가 발생한다. 그렇다면 무엇인가 다른 것이 있어야 할 것이다. 그러나 시골의 서비스가 더 좋다는 것은 기대하기 어려울 것이다. 이는 상대성 이치에 맞지 않음은 물론 이해할 수 없는 의문만 쌓였다. 하여 인근 주변까지 확인 결과 임플란트(오스템-BA)가 개당 90만 원이었다. 그렇다면 그 차액에 크라운 한 개를 줄이면 임플란트 한 개를 더 심을 수 있다는 잠정적 결론을 얻었다. 그 즉시 교통약자 이용 콜택시를 이용해 인접 군으로 이동해서 C 치과의원 건물 앞에 도착하였다. 주위를 둘러보자, 재래시장 입구 맞은편에 자리 잡고 있었다. 하차하여 계단을 이용 2층으로 올라 출입문을 열자 그곳이 대기실이었다. 그런데 '가던 날이 장날이었다!'라는 말과 같이 마침 5일 장날이었다. 그래서 그랬던가? 환자가 대기실에 가득하여 앉을 자리가 없을 정도였다. 마침 전기안마 의자가 비어 있었다. 그곳에 앉아 커피 한 잔 마시며 기다리자 순서가 되었는지 호명에 따라 진료실에 들어갔다.

지팡이를 짚고 이동함을 본 치위생사 한 명이 다가와 팔목을 잡고 부축하는 친절한 안내를 받았다. 그 후 파노라마 X-선 촬영이 이루어졌다. 촬영 결과 임플란트 두 개 심고 세 개의 충치에 개별 크라운이 필요하다는 소견을 받았다. 이어 마취가 진행되었다. *치과의사가 "지금부터 주사합니다"와 함께 "따끔! 따끔!" 예고를 하였다. 고통을 표현하자, 곧바로 "죄송합니다~ 제 고의가 아닙니다"라며 마치 용서를 구하듯 말하며 치료를 진행하였다. 이 얼마나 환자에게 긴장 없애는 치료방법이던가? 더욱이 치과 치료는 건강보험이 되지 않는 비보험 시술의 종목이 많다. 예를 들어 크라운에서 틀니에 임플란트가 그것인데, 목적을 위하여 주기적인 신경치료가 이루어진다. 나 또한 여러 차례 방문 치료 중이다. 그때마다 진료비를 따로 받지 않았다. 이른바 진료비 총액제를 시행하고 있었다.*

여러 차례 통원에 따라 통증 수위가 낮아짐에 어느 정도 심리적으로 안정되었다. 따라서 주위를 둘러보자, 프로필이 보였다. 생활권 주

　　　　　　　　　　　　　　　　추억의 길

변 대부분 치과의원이 그렇듯 이곳도 1인 대표원장 체제였다. 그러
나 원장은 수많은 연구 활동에 참여는 물론 두 곳 대학교에 외래교수
로서 출강하고, 치의학 박사학위까지 보유한 주변에서 만나기 어려운
인재였다. 이것이 치료 중 다른 병원에서 느끼지 못한 친절하고 투명
하며 환자 중심적 운영체제의 밑거름인 듯하였다. 신뢰에 따른 귀가
의 발걸음이 가볍다.

건강생활의 선물

우리나라의 건강검진은 건강보험관리공단 주관으로 전 국민 출생 연도를 기준으로 홀짝제도로 운영됨을 모두 잘 알고 있다. 나의 건강검진 수검사례를 소개하려니까 무엇부터 시작해야 할까 하는 부담이 앞선다. 특히 젊은 나이에 불의의 사고가 있었다. 그 때문에 경수부 신경손상을 입었으며 또한, 그때부터 신체적 중증장애인으로 생활하고 있다. 그래서 당시 인근 병의원을 입·퇴원하며 재활치료를 하고 있었다. 그때마다 입원한 병원에서 기초 검사를 함으로써 건강검진에 큰 관심이 없었던 것 사실이다. 그렇다 하여 2년마다 통지되는 검진을 거부한 것은 아니다. 퇴원하면 종종 참여하였다. 유쾌한 경험은 아니지만, 그동안 검진을 바탕으로 세 가지로 나누어 이야기하고자 한다.

우리가 건강검진을 위하여 병원을 방문하게 되면 많은 종류의 검진이 이루어진다. 그중 대장암 검사는 누구나 받기 어려운 대표적 검사일 것이다. 검진을 경험한 분들은 누구나 공감할 것이다. 아마 대학병원의 집중 재활치료가 끝나던 첫 번째 해인 2002년으로 기억된다. 대장 내시경 검사를 위해서 약 2~3일 입원하였던 것으로 기억된다. 병실 지정과 동시에 금식이 시작되었고 즉시 대장을 비우기 위한 노력이 시작되었다. 그의 유일한 방법으로 짠맛의 물약을 하루에 20리터를 마셔야 하였다. 특히 침대 머리맡에 놓고 정해진 시간에 맞추어 마심은 평소 물을 자주 마시지 않는 나에게 그야말로 고문이었다. 또한, 간호사가 "약을 마신 후 약 20분 내로 설사 증세로 화장실로 달려간다" 하며 복용하던 약을 수거해 갔다. 그러나 나는 사고 후 신경 손상의 악성 변비로 둘코락스 좌약을 사용해야 배변한다. 그 후 간호사가 식후 시간에 맞추어 경구제만 주었다. 나 또한 순진하게 그러리라 믿고 시간에 맞추어 젊은 시절 강소주 마시듯 물약을 마셔 댔다. 약 20분 지나자, 배에 통증이 발생하였다. 그때마다 화장실을 갔으나 지속적 배변의 실패로 이어졌다. 또한, 배가 팽창해 더부룩한 불쾌감은 물론 통증이 증가하였다. 견디다 못하여 응급 벨을 사용하여 간호사를 호출하였다. 뒤늦게 받은 둘코락스 좌약을 항문에 삽입하였다. 그 즉시 항문이 열림과 동시 여름 장마철 천둥 같은 소리를 동반한 폭포수처럼 변이 쏟아졌다.

아~ 이 얼마 만에 느끼는 쾌변이던가? 하도 오래되어 기억할 수 없었다.

그때부터 2일간 이어진 설사로 화장실은 나의 개인 전용이 되었다. 3일째 되는 날 오전에 내시경 검사를 하였다. 칼잠 자는 듯 좌측면으로 누운 상태로 90도 정도 굽힌 자세로 기다리고 있을 때였다. 등 뒤에서 라텍스 장갑을 끼는 쫙! 쫙! 비닐 튕김이 마치 뺨을 때리는 소리와 같이 들렸다. 그 소리 귓전 울림 때문에 긴장감을 더욱 고조되는 듯하였다. 이어 항문 부분에 차가운 느낌 잃과 동시에 막혔던 구멍이 열리는 듯하였다. 그와 동시 자극받아 놀랐던가? 3인치 해안포 사격하는 듯한 방귀가 발사되었다. 이에 검진하던 교수가 놀라 손이 흔들렸던가? 갑자기 아랫배 깊숙한 곳에 통증이 일었다. 나도 모르게 "억!" 하는 외마디 비명이 나왔다. 곧바로 검진 교수의 "죄송합니다!" 사과가 이어졌다. 그때 대장에 잔변이 있었나 보다. 마치 열린 수도꼭지에서 물이 나오듯 질질 흘러내렸다. 자리에서 간신히 일어서자, 그 분비물이 침대 바닥에서 무릎까지 흘러내려 환우복 바지까지 적시어 엉덩이가 축축했다. 동시에 검사실 내부를 구린내로 가득 채웠다. 그때 얼마나 무안했는지 모른다. 이날 크기는 기억할 수 없으나 용종 두 개를 제거했다. 이것이 나의 첫 건강검진 체험이었다. 또한, 검사할 때 통증은 용종 제거의 통증 아니었을까 자문을 하며 만약, 그때 용종을 확인 못 하였다면 개복수술과 치료의 어려움이 있었을 수 있었겠다. 위험 요소를 사전 제거에 위안으로 삼으며 매년 채변을 통한 약식 검사를 하고 있다.

건강검진에서 대장 내시경 검사도 힘들지만, 위내시경 검사도 목 부분을 통과할 때 몹시 괴로웠다. 아마 내시경 카메라가 진입할 때와 나올 때 목젖의 자극으로 이는 그 매스꺼움과 통증이라 생각한다. 오죽하면 오므린 채 누운 자세로 몸부림치며 두 눈에 눈물로 가득 차는 게 예사였다. 더욱이 나는 치아 상태도 나쁘다. 마침 앞니 끝부분 충치로 치아 색으로 때웠던 곳이 있는데 입에 물고 있는 플라스틱을 너무 세게 물은 압력에 때운 부분이 떨어지고 말았다. 그래서 치과에서 신경치료 후 크라운 시술의 예상치 못한 경비도 지출되었다. 이렇게 고통스러움에 대부분 수면 내시경을 많이 한다. 그렇지만 앞니 훼손의 경험으로 내시경을 생략하는 대신 조형 촬영으로 대체하여 검사에 임하고 있다.

마지막 세 번째 이야기로는 서비스에 대한 사항이라 표현함이 옳을 것 같다. 어느덧 신체장애로 실직한 지 8년이 지나던 때였다. 그래서 나의 외출이 없었음은 물론 그 때문에 사고 전 빈번히 왕래하던 지인들의 발길도 감춘 지 오래되었다. 이러한 비경제인의 은둔 생활에 익숙해지던 어느 날, 탁자에 놓은 전화기 울음소리가 거실과 방 안의 공기를 흔들었다. 그래서 누구의 전화일까 하는 궁금한 마음에 전화를 받자, 보건소라며 "짝수 해 출생이므로 건강검진 대상입니다. 내일 아침 식사하지 말고 보건소로 나오세요."라는 중년 여성 음성의 안내를 받았다. 이미 통지서는 3등분으로 고이 접혀 서랍 속 깊은 잠에 빠졌고, 나의 기억 또한 깊이 묻혀 희미하였다. 그 묻힌 기억을 상기시켜 준 고마움에 바로 승낙하였다.

다음 날 전화 내용을 떠올리며 콜택시를 이용해 보건소에 방문하였다. 도착하여 보니 대전의 모 건강검진 기관이 장소 협조로 보건소에서 출장 검진이 진행되었다. 당시 우리 고장의 보건소는 마흔 살이 넘은 낡은 건물이기에 승강기가 없는 3층 건물이었다. 그래서 나는 벽에 붙어 친절하게 안내하는 화살표를 따라 안전봉을 잡고 계단을 세듯한 계단, 한 계단을 3층까지 올라 회의실에 들어갔다. 제일 먼저 신청서를 작성과 동시에 중대한 질병에 대한 가족력과 흡연 및 음주 그리고 운동 여부에 대한 문진이 이루어졌다. 그 후 신장과 체중 측정의 순서였다. 그리고 청력과 초음파 검사를 거쳐 혈액검사와 소변검사 순으로 검진을 마쳤다.

방사선 종류의 X-선과 위조형 촬영은 옥외 주차한 버스에서 한다는 안내를 받았다. 하여 벽에 붙은 안내 화살표를 따라 올랐던 계단을 다시 거꾸로 내려왔다. 버스 입구에 도착하자, 그런데 입구 쪽에 경사가 약 70도가량 되어 보이는 계단이 나의 발목을 잡고 서 있다. 특히 안전봉도 없는 순수 계단이었다. 그를 마주함과 동시에 두 눈에 현기증이 일고 머릿속이 쌀뜨물을 넣은 듯 새하얀 정신적 공황 상태였다. 우뚝하니 서 계단을 바라보고 있을 때였다. 등 뒤에서 "계단 폭이 좁아 부축을 못 해 드리오니 안전하게 오르세~요!" 하는 여성의 음성이 들렸다. 그 말을 듣는 순간 낙상의 위험이 따르는 모험임을 인식하고 방사선 검사는 생략하고 집으로 돌아왔다. 이때 노약자 또는 장애인을 위한 자동승강기 설치는 예산 문제가 따를 수 있다. 그러나 보건소의 장소와 전기통신의 단순 협조 상태임을 알 수 있었다. 이에 따라 의료기구의 사용까지 협조를 받든가, 아니면 계단 폭을 넓히어 안전봉 설치되었다면 얼마나 좋았을까 하는 생각은 나만의 이기적 생각인가? 자문의 기회였다.

이후 2년마다 날아오는 검진 예고장은 나의 해마에 깊이 저장된 당시 불안감으로 책상 서랍으로 깊게 들어가 햇빛조차 보지 못하게 되었다. 그러던 중 요양보호사의 일을 시작하면서 건강검진을 매년 받음이 의무화되었다. 약 4년 전으로 기억되는데 건강검진 후 '이상지혈증으로 재진단이 필요하다'는 결과 문을 받았다. 즉시 병원의 내과를 방문하자 LDL 콜레스테롤 수치가 높다는 설명을 들었다. 하여 대웅제약 리필펜캡슐을 처방받아 일 주 후 혈액검사에서 안정 상태로 인정되었다. 그 후 한 달간 복용 후 혈액검사 후 안정 상태를 재확인하였다. 따라서 투약이 중지되었다. 이에 완치로 알고 잊고 생활하였다.

일 년의 세월이 흘러 다시 건강검진을 하고, 검진 결과 통보서를 받게 되었다. 그런데 작년과 같은 '이상지혈증으로 재검이 필요하다'는 내용이었다. 이번에는 요통으로 약물치료 중인 재활의학과를 방문해서 검사 결과를 상담하였다. 그런데 이곳에서 '고지혈의 약물치료에는 완치가 없다'는 설명을 들었다. 하여 작년에 내과에서 처방하였던 리필펜캐슐을 처방 받아 일주일 후 혈액검사를 하였으나 수치의 변화가 없었다. 따라서 바이토린으로 처방 변경하여 혈액 검사하니 안정이 확인되었다. 이후 현재까지 매일 복용하고 있다. 이렇게 안정된 수치 유지가 약물치료의 기본이자 합병증 예방의 목표임을 깊이 인식한다.

만약 건강검진을 하지 않았다면 어떻게 되었을까? 분명 고지혈증세를 무의식적으로 버려두었을 것이다. 그렇다가 합병증의 대명사인 당뇨나 심혈관 질환의 전조현상 또는 발병의 나쁜 경험을 할 위험의 비율이 높았을 것이다. 그로 말미암은 또 다른 고통 속의 괴로운 생활을 하고 있지 않을까 하는 아둔한 생각에 내 시야를 흐린다. 그렇다. 과학의 발달로 우리의 수명도 많이 늘었다. 세간에 병치레하면서 오래 산다는 뜻의 '유병장수'나 아흔아홉 살까지 팔팔하게 살겠다는 의미의 '구구팔팔'이라는 유행어들을 심심치 않게 듣는다. 이런 말을 입증하듯 생활 주변에 80, 90세 어르신들이 많다. 이렇게 긴 인생의 항로를 운항하려면 건강이 필수이다. 그렇기 위하여 나의 몸 상태를 알고 아껴야 한다. 바로 꾸준한 건강검진이 자기 사랑 실천의 훌륭한 제도임을 깊이 재인식하고 적극 참여해야 한다. 비록 과거 사고를 통하여 신체 기능을 많이 잃었다. 또한, 고통도 컸다. 더 이상의 고통과 보존의 목적으로 올해 검진을 준비하고 있다.

산정 특례

건강한 사람들은 경험이 없으므로 산정 특례에 대하여 모른다. 아니 관심이 없다는 표현이 맞는 것 같다. 나 또한 그랬다. 더욱이 큰 교통사고 피해를 보고도 몰랐다. 핑계인지 몰라도 교통사고의 피해인 치료는 사보험인 자동차보험으로 치료하기에 경험할 수 없다. 다만 여기에서 뺑소니 피해나 미등록 차량의 피해는 국민건강보험으로 치료할 수 있기에 제외한다.

국민건강보험공단에서 운영하는 것은 크게 두 종류이다. 첫 번째는 건강보험이 있다. 두 번째는 요양보험이다. 이렇게 두 가지의 복지사업을 운영함으로 이해하면 된다. 또한, 건강보험에서 운영하는 산정 특례 제도가 있다. 전반적 설명은 여건상 생략하고 산정 특례에 대한 나의 경험학습을 바탕으로 설명하고자 한다. 그렇다면 *산정 특례는* *'어떠한 경우 인정받아 혜택을 받을 수 있는 것인가'이다. 그것은 현재* *두 가지라 설명할 수 있다. ① 암 환자이다. 그리고 ② 희귀난치성 질환* *자이다. 암 환자 또는 희귀난치성 질환은 완치가 매우 어렵다. 또한, 치* *료비와 약제비가 매우 비싸다. 그러면서도 지속적인 관찰과 치료가 필* *요다. 따라서 암 환자나 희귀난치성 질환자의 경제적 부담을 줄여 지속*

적인 치료를 통하여 완치와 삶의 질을 높이는 유용한 제도이다.

우리 가족 중 나를 포함하여 세 명이 산정 특례 수혜의 경험이 있다. 그중 나는 불의의 교통사고 복합적인 손상의 피해가 있었다. 대퇴골에 내재한 고정핀의 제거 수술을 마치고 퇴원하여 잠시 낮잠을 자고 일어나자 갑자기 왼쪽 귀의 소리가 들리지 않았다. 즉시 인근 H 의료원 이비인후과에 검사 후 천안의 D 대학병원으로 전원하였다. 정밀 검사 결과 좌측 청신경종양(뇌종양) 진단을 받았다. 담당 주치의가 암의 일종이라면서 서류를 주면서 원무과에 등록하라고 설명하였다. 등록을 마치고 6개월마다 실시되는 MRI 추적검사에서 의료비를 5%만 납부하게 되었다. 그 유효기간이 5년이다.

매년 종양의 성장이 심리적 압박을 주었다. 또한, 예고 없이 발현하는 어지럼의 고통은 말로 표현할 수 없다. 10여 년간 긴 세월 동안 인내의 한계점에 도달하였다. 연세대학병원에서 경제적 부담 없이 수술을 마치고 현재 재발 여부 확인을 위한 추적 검사에 임하고 있다.

추억의 길

분절의 현실과 과제

오늘도 언제나와 같이 데스크톱 컴퓨터의 검은 모니터 앞 의자에 앉아 있었다. 발밑에 있는 콘센트의 돌출된 본체 스위치와 모니터 스위치 그리고 이번 달에 새로 구매한 삼성 프린트 스위치 3개가 나란히 있는데, 오른쪽 엄지발가락으로 순서대로 누르자, 책상 밑 어두운 그늘 속에서 황색 빛이 반짝였다. 동시 동작으로 본체 상단부에 있는 둥글게 박힌 큰 단추를 누르자, 검었던 모니터 네 짝의 네모난 창에서 밝은 빛이 나의 두 눈을 밝히면 무섭게 습관적으로 오른손가락으로 마우스를 잡고 좌측에 있는 바탕화면의 MBC 미니 라디오 마크를 클릭하니, 마침 뉴스 시간이었는지 책상 위에 서 있는 조그마한 스피커에서 많이 들어 귀에 익숙한 음성으로 모 앵커가 오는 12일 싱가포르에서 북한 김정은 위원장과 미국 트럼프 대통령의 회담에 전 세계인들의 깊은 관심이 있음을 약 1개월 전부터 반복적으로 거실을 울린다. 1950년도 6.25 민족 동란으로 68년간 국토도 남북으로 분담됨은 국민 누구나 잘 알고 있는 사실이다. 그러나 남과 북이 상반된 정치적 이념으로 그동안 얼마나 큰 고통을 받아 왔던가?

뭐, 내가 북에 가 보지 못하여서 북에 대한 정확한 사항은 알 수 없기에 북한에 대한 표현을 못 한다. 그러나 나도 이곳 남한에서 66년도에 태어나 현재까지 생활하였음에 성장과 생활의 경험치 표현에 오해 없으시기를 기대한다.

우리나라에서 예로부터 '교육은 백년지대계'라 하였거늘 과거 정부는 반공이라는 목적으로 반공 과목의 국정교과서로 획일적 교육을 했다. 매년 6월만 되면 반공미술대회를 개최하여 북한 주민은 사람이 아닌 늑대이며 피부도 빨갛다는 터무니없는 거짓의 벽보가 전국 거리마다 가득 찼다. 이러한 시각적 자극도 부족하였던지, 매년 개최되는 웅변대회의 반민족적 단어들이 메아리 되어 전국 방방곡곡 울려 퍼지는 6월은 50대 이상의 성인들이 기억을 부인하지 못할 사실이 되었다.

우리 국토 분단으로 정치적 이념의 다름이 확실한 분절의 입증이 아닐까?

더욱이 놀라운 것은 적대심이 그 긴 세월 동안 개인적 잠재의식에 뿌리내린 듯하다는 것이다. 수년 전까지만 하여도 후진국인 북한과 통일되면 우리가 부담해야 한다는 여론이 지배적이었다. 이 이유로 조국 통일을 반대하는 국민이 많았다. 그러나 나의 생각은 다르다. 우리나라의 경제는 수출의존도가 매우 높다. 더욱이 기획재정부 보고에 의하자면 우리나라의 공산품이 중국에 60~70% 수출된다고 한다. 만약 통일이 이루어진다면 큰 이점이 있을 것 같다. 먼저 북한과의 대립체제에서 벗어나게 되면 국민의 심리가 안정되어 국민의 행복한 생활이 유지됨이 가장 클 것이다. 또한, 중국과 직접 교역의 활성화가 예상된다. 그리고 중

추억의 길

국은 유럽과 철도가 연결되어 왕래하고 있다. 그렇다면 철도 기반시설을 이용하여 유럽과 교역의 활성화와 수출경비가 절약되는 경제적 이점이 크리라 예상한다. 어느 학자가 '생각은 환경과 여건에 따라 변한다' 하였다. 그렇다면 우리가 빨리 정치적 이념에서 벗어나 행복의 지름길이 무엇인가 비교분석은 물론 선택이 필요한 것이다.

물론 반대 의견이 많은 이유가 많으리라 생각한다. 우리가 북한보다 부유함은 사실이다. 그러나 우리 정부가 교체될 때 마다 통일정책이 변경된다. 이때 우리 국민도 혼란스럽다. 그러할 때 북한은 어떠할까? 북한의 입장도 생각하여야 될 것이다. 특히, 대립의 현 체제에서 북한을 자꾸 자극하지 말아야 할 것이다.

나 또한 후손의 안녕과 평화로운 생활을 위하여 통일이 우선이라는 진보적 생각으로 친밀한 북진정책의 필요성과 기대감을 온라인의 페이스북에서 그리고 오프라인인 대면에서 강조하고 있다. 아마, 진보와 보수의 대립이 강하였던 문재인 대선 기간일 것이다. 어느 택시 기사 한 분에게서 '좌파' 그리고 '종북'이라는 비난을 받았던 기억이 난다.

이렇게 자기 생각과 다르다는 이유로 타인을 몰아세우던 그 세력들이 고요한 호수같이 잔잔하였다.
내가 심리학자가 아니기에 정확하게 알 수 없으나, 세 가지 주관적 내용을 표현하자면 첫 번째는 과거 보수정치의 공갈과 배신의 깊은 상처의 치료가 필요함을 인식하였고, 그 고통에서 벗어나고 싶었을 것이다.

두 번째는 현재 진보적 변화의 강력한 힘을 거부할 힘을 잃었기 때문일 것이다.

세 번째는 특수인의 거대한 사조직 운영의 붕괴가 아닐까 생각한다.

오늘 갑자기 '힘이 없으면 맞는다!'라던, 어릴 적 아이들과 싸우다 맞고 집에 돌아왔을 때 할머니께서 안쓰러운 마음으로 하시던 말씀이 떠오른다. 그렇다. 맞고 아프다며 투정과 상대를 비난만 하지 말고 자신의 힘을 키움이 정답 아닐까?

이제 북미 대표의 회담이 이틀 앞으로 다가왔다.

68년 전 우리 정부만 휴전에 반대함으로 휴전협정에 불참하였기에 당사자이면서 종전 협정에 참여 권리도 없다는 애석한 현실에서 오늘 6.12 싱가포르협정에서 '통일협정'을 기대함은 망상이겠는가?

기회만 있으면 우리가 OECD 10위국이라고 부르짖던 우리! 아직 우리의 일을 스스로 선택은 물론 수행하지 못하는 미약하기에 당장 눈앞에 현혹에서 벗어나 거시적 시선에서 생각할 때 '분단이 유지되면 평화로운 생활은 유한할 것이다!' 생각에 우리 모두 찬성하면서 한 발짝, 한 발짝 앞으로 나가며 준비해야 한다.

추억의 길

어느 환경미화원의 식사

화단의 노란 수선화 꽃잎이 피기 전 2020년 이른 봄의 어느 날이었다. 환절기 기온 차인지 아침에 눈을 뜨고 침대에서 일어날 때였다. 갑자기 원인을 알 수 없는 극도의 어지럼증이 내 몸을 휘감았다.

마침 코로나 확산으로 휴교 중인 아들의 부축을 받아 응급실에서 긴장된 마음으로 정밀검사를 하였다. 이상 증후를 알 수 없다는 진단과 함께 처방한 경구제만 받아 집으로 돌아와 안정을 취하였다. 하루 동안 경구제를 복용하였으나, 호전반응이 없었었다. 하여 이비인후과에서 재진하였더니, 대학병원의 검진이 필요하다 한다. 전원소견서를 받아 딸과 함께 천안의 D 대학병원의 진료 대기 중이었다. 긴장감 때문이었을까? 갑자기 고무풍선에 공기 가득 찬 듯 방광의 압박감으로 아랫배의 더부룩한 불쾌감이 나를 괴롭혔다.

소변을 보고자 지팡이의 안내를 따라 절뚝거림으로 맞은편 장애인 전용 화장실을 향하였다. 입구에 도착하여 커튼 방식으로 닫힌 문을 옆으로 밀어 열 때였다. 화장실 안에 녹색 조끼를 입은 우리 나이쯤 돼 보이는 환경미화원 아주머니 한 분이 바닥에 쪼그린 채 앉아 있다. 놀랍게도 덮개로 덮인 좌변기 위에 도시락과 반찬들이 빼곡하게 올려져 있었다. 화장실에서 식사하고 있었다. 문이 열리는 소리에 놀랐던가? 올려다보는 큰 두 눈과 마주하는 순간 내가 보지 말아야 할 것을 본 듯 미안함과 무안함이 동시에 일었다. 곧바로 뒷걸음질하며 문을 닫고 말았다. 이후 보호자로 따라온 딸에게 "구내식당 두 곳을 운영하고 있다. 그곳에서 다른 직원들과 함께하지 않는 것일까? 그곳이 거북하다면 편의점의 식탁을 활용할 수도 있다. 햇볕이 좋은 봄과 가을철에는 캠핑 온 듯 야외 벤츠에서 멋진 식사도 가능할 것이다 어찌 화장실에서 식사할까? 아무리 수세식이라도 화장실인데" 하였더니 곧바로 딸이 "아빠는 처음 보았어? 대학교에서 아주 오래된 풍습이야"라며 답하였다.

이때 군에서 상병 시절 추운 겨울철 빼치카(벽난로) 사수였을 때 기억이 떠오른다. 몹시 배가 고팠었다. 하여 뽀글이(라면)를 끓여 암모니아 냄새로 가득한 재래식 화장실에 숨어 부사수와 둘이 먹던 일이 주마등으로 흘렀다. 그때 선임의 눈을 피하여 몰래 먹는 것과 다를 것이다. 아마, 아래도급 업체의 낮은 임금 체결 협상에서 식비 부담 때문에 발생한 현상이 아닐까? 수세식이라 깨끗하다 하여도 화장실이다. 그곳에서 식사는 비위생적이자, 과히 아름다운 풍경은 아니다.

환경미화원도 직원과 같은 명찰을 차고 다니는 것을 보았다. 명찰로 단순히 출입 통제에서 벗어나, 식권을 무상 지급제도 시행을 통한 국민 평등한 배려를 통한 건강증진 도모에 적극적 노력함을 기대한다.

코로나-19 생활의 변화

신년인 2020년에 밀리고 있던 2019년이 떠나기 싫음인가? 아니면 오래도록 기억에 남기고 싶음이던가? 스무날 정도 남은 12월 중순이었다. 중국 우한에서 독감 종류의 바이러스가 발생하여 주민을 감염시키고 사망자가 속출하였다.

코로나는 접촉성 간염이 주 경로이다. 따라서 특별한 사정 아니면 친한 관계이더라도 서로 만남을 기피 또는 거부하는 생활습관이 무의식 돌발행위가 증가하는 상태이다. 이것은 예방적 차원에서 이해할 수 있다. 그러나 사람이 혼자 살 수 없는 일이다. 외출하여 좁은 인도를 걷다 간혹 옆 사람과 팔뚝 부위를 스치는 경우가 있다. 이때 감염 우려에 불쾌감을 도끼눈으로 바라보는 사람들이 늘고 있다. 이 실황에 대한 방송사별 특종 뉴스를 보도하는 우려 실린 아나운서 음성이 매일 텔레비전 스피커를 통하여 나오면서 불안감이 증대되었다. 그럼에도 불구하고 일부 교회에서 예배와 전도를 강행하였다. 이후 대구에서 시작된 감염은 들불처럼 번져 전국으로 확산 및 확진자가 속출하였다. 국민들은 불안에 빠졌다.

정부에서는 바이러스 차단을 목적으로 '손 소독'과 '마스크 착용'의 개인위생의 철저한 관리와 '악수 안 하기' 및 '거리 두기'라는 국민 위생 생활화 실천을 적극적으로 홍보함과 함께 4인 이상의 대규모 집회가 금지되기 시작하였다. 강도 높은 방역정책을 실시하였다. 따라서 경제에 큰 타격을 가했다. 뿐만 아니라 학교에서는 '개학 없는 무기 휴업'으로 개교를 무기한 연장하였다. 학생들이 등교를 못 하였다. 이에 따라 유례없는 인터넷 수강이 유행하고 있다. 이는 마치 전국 학교가 방송통신학교로 명칭이 바뀐 듯 착각이 일기도 하였다.

이처럼 생활에 거부할 수 없는 크고 작은 변화가 생긴 현실이다. 그러나 이것은 단기적인 방법일 뿐이다. 만약 코로나바이러스 예방 백신 및 치료제 개발이 늦어진다고 가정하자면, 현재까지 익숙한 대면 생활 형태가 바뀔 것이다. 이때 가장 큰 과제로는 교육방법과 직장의 작업 형태가 바뀌어야 할 것이다. 먼저 교육의 방법에서 생각하면 통신시설이 발달한 우리나라가 세계에서 가장 먼저 기존의 대면수업이 취소되고, 대신 비대면 방법인 방송통신교육으로 변경할 가능성이 높다. 자신이 선택한 시간에 가정이나 여행 중 버스나 기차 안 등에서 자유롭게 수강하는 젊은이 그리고 이렇게 편리성에 따라 자신의 성장을 위하여 자기계발에 투자하여 노력하는 젊은이 또는 직장생활을 하면서 자신의 학비를 벌며 학습하는 젊은이를 많이 만나게 될 것 같은 기대감도 있다.

다음은 직업과 업무의 변화가 있을 것 같다. 얼마 전 배달전용업체가 생겼는데, 코로나의 확산 영향에 따라서 배달 업체가 급성장하는 추세라 한다. 장기화된다면 각 업소에서는 제작만 하여 매장과 판매대가 사라질 것이다. 뿐만 아니라 직장도 감염을 좌시해서는 안 된다. 따라서 방역의 방법으로 직장인들의 회식문화가 간소화되었다. 이에 따라 귀가 시간이 빨라진 효과는 있다. 그러나 배달문화의 성장으로 소비자의 부담 증가로 인플레이션 상승 등 경제적 악영향이 크다 생각한다.

　나 또한 이렇게 급격한 사회적, 경제적 변화의 혼란을 좋아하지 않는다. 조속한 코로나 치료제 개발로 바이러스 박멸하여 안정된 생활을 하게 되기를 희망한다.

고마운 선물

무더운 여름 기온이 소슬바람에 밀려 바닥에 떨어져 뒹굴던 낙엽이 총총걸음으로 뒤따르는 걸음이 서걱서걱 들리는, 깊어지는 가을의 아침이었다.

주방 식탁에 앉아 아내와 함께 커피를 마실 때였다. 탁자 위에 놓인 휴대전화가 멜로디 울리며 나를 부르고 있었다. 덮개를 열자 액정에 '박순철'이라 이름이 띄워졌다.

그는 중학교 동창으로 홍성읍 사무소에 근무하는 친구다. 내가 보행 장애로 지팡이에 의존해 길을 걸을 때, 대개 운전에 집중 또는 무관심으로 지나기 일쑤이다. 이러한 현상은 학창 시절 절실한 친분 관계가 없는 한 같을 것이다. 그러나 이 친구는 도로에서 나를 발견할 때마다. 차장을 내리고 나의 이름을 부르며 손을 흔드는 반가운 친구다.

그러나 내가 거동 불편에 따라 많은 시간이 흐르는 동안 모임 혹은 개인적으로 만난 적이 없다. 그래서 나는 친구의 이름을 잊었다. 만날 때마다 미안하였다. 하여 먼지가 가득 덮여 누렇게 빛바랜 중학 시절 졸업앨범을 뒤적여 그 친구의 이름을 찾았다. 그 후 더욱 친근하게 지내고 있다.

어느 날은 친구가 "일하던 중 쏟아진 밤을 모았는데, 집에 있지? 지금 가는 중이니 잠시 기다려!" 하며 전화를 끊었다. 즉시 출입문을 열고 나갔다. 친구가 벌써 도착하여 손에 하얀 비닐봉지를 들고 서 있었다. 그 봉투를 나에게 건넨 친구는 "나 바빠서… 맛있게 먹어"라는 말을 남긴 채 뒤돌아 갔다. 비닐을 열어 보자, 서너 돼 보이는 쌍둥이 알밤들이 옹기종기 모여 있었다. 또 다른 비닐에는 한 마리의 생닭이 독탕에서 목욕하려는 듯 홀딱 벗은 알몸으로 깊은 잠에 빠져 있었다.

저녁때가 나가오자 친구가 주고 간 닭을 다루느라 아내의 손길이 분주하다. 담백하고 얼큰한 닭볶음탕 요리가 완성되었다. 온 가족과 맛있는 식사를 하며, 반주를 한잔하는 즐거운 시간이었다.

새로운 발
[별빛문학 봄 호 선정]

이는 우리의 삶 주변에서 흔하게 볼 수 있다. 예전에는 생활 주변에서 구하기 쉬운 각종 나무로 제작, 활용하였다. 부모님께서 연로하시어 기력을 잃으셔서 보행을 못 하시는 경우, 가족이나 자녀가 부모님께 만들어 드림으로 보행에 도움을 주었다. 현재에는 시대의 변화에 따라 나무보다 철재로 제작, 활용함이 대중을 이루고 있다. 질병 및 사고의 후유증으로 많이 이용하였으나, 등산의 필수품이 되었다. 또한, 사용 연령층까지 낮아진 것이 특징이다.

나 또한 예외가 아니었다. 내 나이 서른셋이었다. 물고기의 산란으로 분주한 봄날이었다. 야간 낚시의 귀가 중 불의의 사고로 목등뼈 부위 신경 손상을 입었다. 마비증세가 좌측 부분에 강하였다. 지지력이 약하여 두 발짝도 앞으로 나가지 못하고 바닥에 쓰러지곤 하였다. 어제까지 내 의지대로 뛰어다녔는데, 하루아침에 나의 몸이 나의 의지를 배반한 것이다. 한마디로 독립적 보행을 못하게 되었다.

그 후 육 개월가량 휠체어로 이동하며 재활치료를 받았다. 얼마의 시간이 흘렀을까? 병간호하시던 아버지께서 Made in Korea 로고가 붙어

있는 검은색 철제 지팡이를 사 오셨다. 그러면서 "열심히 노력하여 빨리 걸으렴." 하시며 나의 손에 쥐어 주셨다. 칠 개월의 긴 시간 입원의 고통을 뒤로 던지고 그 지팡이를 짚고 퇴원하였다. 이렇게 나에게 또 하나의 발이 생긴 것이다. 이것이 인연이 되어 다른 병원의 병실에서나 재활치료를 위한 이동에 쉽게 이용하였다. 아니, 매일 나의 오른손에 잡혀 내가 움직일 때마다 한 족장 앞서 나를 안내하는 새로운 발이 되었다.

이십삼 년간 지속적인 재활치료와 운동에도 나의 신체장애 상태의 호전이 없었다. 더욱이 허리등뼈부 추간판 탈출증의 요통으로 허리를 구부린 상태로 보행한다. 이때 체중이 앞으로 쏠리게 되는데, 이때 지팡이 밑부분의 미끄럼 방지용 고무 패킹의 노면 마찰 증가로 쉽게 마모된다.

지팡이 사용 중 두 번의 위험이 있었다. 고무 패킹이 마모되었어도 아스팔트 도로는 미끄럽지 않다. 다만 걸을 때마다 도로와 철의 마찰로 '따각따각' 발생하여 행인의 시선이 집중된다. 그러나 고무 패킹이 마모된 지팡이를 짚었을 때 바닥이 대리석인 건물은 매우 위험하다. 나 또한 마모된 고무 패킹을 교환 못 한 채 병원 출입문을 열고 들어설 때였다. 짚었던 지팡이가 힘을 잃고 앞으로 밀렸다. 그와 동시에 무게 중심을 잃은 상체가 기우뚱하며 자세가 흐트러졌다. 곧바로 자세를 바로잡을 수 있어 넘어지지 않아서 다행이었다. 잘못하였다면 로비의 딱딱한 대리석과 부딪혀 낙상을 입게 되는 위험에 눈앞에 흰 낮별이 반짝임을 느꼈다. 이것이 첫 번째 경험이었다.

이십여 년 전에는 중소도시에서는 부품을 사기 어려웠다. 궁리 끝에 인터넷으로 고무 패킹만 사 교체 사용하게 되었다. 얼마 지났을까? 아내와 같이 외출한 날이었다. 약 한 시간 정도 걸은 것 같다. 어느덧 다리에 힘이 빠지는 느껴졌다. 그래서 지팡이에 체중을 싣고 어렵게 걸을 때였다. 바로 앞에 망사형태의 하수구 덮개가 나타났다. 네모난 망사형의 덮개가 지팡이의 패킹보다 작으리라 생각하고 피곤함을 피하지 못하고 가던 중 나의 체중을 실은 지팡이가 순식간에 깊은 하수구 구덩이 속으로 빨려 들어갔다. 동시에 나의 상체가 늪 지역에서 물구나무서듯 빠르게 빨려들어 간다. 아찔한 위험 사태를 인지하고 손에 쥐었던 지팡이를 놓아서 사고를 피하였다.

간혹, 가족과 외식할 때 식탁 끝에 세워 놓으면 마찰 때문에 페인트가 벗겨졌다. 어느 곳에서는 서빙 중 건드려 넘어지기 일쑤다.
이렇게 지팡이는 보행 장애가 심한 사람들에게 필수품이다. 그러나 장소에 따라 관리가 필요하다.

이렇게 오랜 기간 여러 곳의 모험적인 여행이 가능하였던 것은 바로 지팡이가 있어 가능하였다. 긴 기간 나의 체중에 눌리어 높이 조절 홈의 구멍이 두 배로 확장된 고통의 흉터에도 튼튼하게 곁에서 나의 일상을 함께하고 있다. 이제는 내 손에 익었다. 그래서 어느 것보다 이용이 편하다. 앞으로도 변함없이 나의 안전한 길잡이일 것이다.

딸의 임용

딸이 B 대학교의 유아교육학을 한 학년 마치고, 학년 승급 등록 때였다. 갑자기 적성에 안 맞는다며 자퇴를 통보하였다. 그리고 공무원이 꿈이라 하며 행정학과 지원을 희망하였다. 그동안 공무원 시험 경쟁력이 높아 실패가 많았다. 세간에서 그 과는 실업자 양성 학교라는 말을 많이 들어 걱정이 앞섰다.

다음 해에 대전에 소재한 H 대학교의 행정학과에 재입학하여 일 학년으로 다시 시작하였다. 그곳에서 삼 학년 때 사회복지학 부전공을 선택하여 사회복지사 자격을 취득 후 졸업하였다. 때맞추어 시행한 국가장학금제도 시행에 따라 등록금은 걱정이 없었다. 하지만 외지에서 대학 생활을 할 때는 자취생활에 필요한 건물 임대료와 생활비가 등록금을 초월한다. 그렇다 하여 아르바이트를 권할 수 없었다. 이렇게 적은 효도장학금으로 오 년간 힘들게 대학교 다닌 셈이다.

졸업 후 매년 행정 직렬과 복지 직렬에 교차 지원이라는 듯하였다. 그때마다 실패하였다. 오 년째 되던 해 발표 날이었다. 딸이 숨듯 제 방에서 노트북으로 합격자 발표를 확인하고 나와 손목을 잡고 펄쩍펄쩍

뛰며 좋아했다. 그런데 며칠 전 군사훈련 중인 아들 문제로 나의 마음이 걱정으로 가득 찼음은 물론 깊은 우울함에 젖었을 때였다. 하여 함께 기뻐해 주지 못하여 미안하였다.

새해가 되면서 상반기 인사 발령이 났다. 2021년 새해를 맞이한 시무식에서 발령장을 지급한다고 하였다. 당일 리허설에 따라 오전 여덟 시까지 군청에 도착하라고 소집되었다. 그러나 새벽 일찍 운행하는 버스는 없었다. 더욱이 자가용의 증가에 따라 열차의 운행 횟수를 줄임에 따라 배차 시간이 안 맞아 이용하지 못하였다. 더욱이 아비가 변변치 못하여 승용차는 고사하고 오토바이조차 소유하지 못하여 태워 주지 못하여 아쉬웠다.

사전 예약한 이동 약자 콜택시가 전날 밤 대지에 새하얗게 쌓인 첫눈을 스키로 활강하듯 앞으로 나갔다. 목적지에 딸을 내려 주고 되돌아왔다.

추억의 길

황망한 크리스마스

연말연시가 되면 지난 한 해를 되돌아보며 정리의 아쉬움과 새해 맞이로 설렘이 가득하다. 12월 25일이었다. 저녁 식사를 마치고, 안방에 모여 텔레비전 드라마 시청하며 웃음소리가 닫힌 문을 통과하여 거실 소파에 앉아 책을 읽는 나의 귀를 간지럽혔다. 표제는 기억할 수 없으나, 재미에 빠져 새벽까지 잠을 이루지 못하였다. 아마 새벽 두 시경으로 기억된다. 대변이 나오려는지 갑자기 좌측 옆구리 부분에 통증이 일었다. 곧바로 화장실로 이동하여 변기통에 앉았다. 그런데 대변은 고사하고 소변도 나오지 않는다.

아마 초등학교 4학년 때로 기억된다. 방과 후 산길로 귀가 중 같은 반 방○식이네 담 밑을 걷던 중이었다. 밭 가장자리에 붉게 익은 사과가 발길을 끌어당겼다. 마치 에덴동산에서 선악과에 유혹된 하와같이 팔을 뻗어 사과를 잡을 때였다. 양계장에서 나오시던 친구의 아버지에게 들키고 말았다. "네~ 이놈!" 하시며 날 잡으려고 쫓아오심에 무조건 달렸다. 산 능선을 넘어 밭둑에 도착하여 밑에 숨으려 엎드리던 중 주저앉게 되었다. 동시에 날카로운 물건이 항문을 찌르는 통증이 일었다. 당시 농가에서 누에치기가 유행이었다. 그래서 밭둑에 뽕나무를 많이 심었었다. 뽕나무 밑동을 낫으로 잘라 뾰족한 부분에 주저앉고 말았다. 그때의 통증을 아직도 잊지 못한다. 그 이후 변비 증세가 있었지만 이렇지 않았다.

용변을 포기하고 방으로 돌아와 침대에 걸터앉아 독서하다 자세가 불편하여 일어섰다. 아뿔싸! 앉은 침대보가 붉은 피로 흥건하게 젖었다. 이를 보고 깜짝 놀라 벽시계를 보니 새벽 네 시를 가리키고 있었다. 가족들이 단잠을 깨울까 조용히 나와 콜택시에 몸을 싣고 인근 병원 응급실로 향하였다. 이날 두 번째 문제가 발생하였다. 정밀검사를 마쳤다. 검사 결과 질병명도 생소한 '항문 주변 농양' 진단을 받았다. 즉시 의료진이 "응급질환이지만 본 병원은 코로나 지정 병원이라서 타 질환은 입원을 못 한다며 아산 또는 천안에 있는 대학병원에서 수술해야 한다."라고 설명하였다. 그러나 생활권을 떠나 입원하기에 준비가 필요했다.

집으로 돌아와 준비물을 가방에 넣고 곧바로 119구급대에 전화하여 목적지인 아산 모 병원까지 이송 요청하였다. 약 5분여 지나자 구급대원들이 도착하였다. 코로나-19의 확산 원인의 통제로 홀로 입원하기로 하였다. 즉시 나는 들것에 실리어 구급차의 간이침대에 눕혀졌다. 홍성 응급실에서 맞은 길항제 때문에 방광이 팽창되었다. 더욱이 구급차가 삐뚤빼뚤한 지방도를 진행하는 진동을 누운 채 견디기 어려웠다. 당장 소변이 방출될 것 같았다. 그래서 도로 주변 주차를

　　　　　　　　　　　　　　　추억의 길

요구하자, 구급대원이 '다 왔으니 조금만 참으라' 한다. 그렇지만 나는 '중추신경 손상의 신경인성 방광 질환'이다. 따라서 방광이 차면 즉각 배뇨해야 한다. 어느덧 아산 모 병원 응급실 앞에 도착과 동시에 더는 못 참겠다 호소하였더니 여성 구조대원이 차 문을 열었다. 곧바로 생리식염수를 차 밖으로 쏟으며 "구급차에 용변기가 없으니, 이것을 활용하시죠!" 하며 플라스틱의 투명한 빈 통을 주었다. 소변을 보려고 자세를 취하였다. 그때 차가 움직여 바지를 적시었다. 그때 바지가 젖은 창피함보다 구급차 바닥을 오염시킴에 미안하였다. 입에서 이송 협조의 고마운 인사보다 사과가 먼저 나왔다.

인수인계와 동시에 코로나 검진을 위한 응급실 외곽에 가설한 컨테이너 간이 병실에 격리되었다. 코로나 검사 후 주치가 회진으로 관찰하더니 "응급상태이므로 즉시 수술해야 한다!" 하고는 딸에게 전화로 수술 동의를 받자마자 병실 배치와 동시에 수술실까지 배정되었다. 장애인 신분에 일정이 벅차고 혼란스러웠다. 중앙 수술실에서 하반신 마취 후 농 제거술을 받았다.

재활 개론 및 요양보호 안전 규칙에 따르면 편마비 증세의 환우는 잔존기능이 많은 쪽을 침대 바깥쪽으로 생활해야 한다. 그런데 돌발적 상황으로 신체 조건을 잊고 반대로 생활하였다. 입원 첫날 저녁이었다. 이곳은 역과 거리가 먼데 눕기만 하면 열차 지날 때 같은 진동이 침대 매트리스를 통과하여 나의 등에 전달되었다. 신체적 조건 무시에 따른

만성 질환인 요통이 발생한 것이다. 매일 오전과 오후에 진통제 근육주
사로 통증을 달랬다. 닷새 동안 요양 후 자연 봉합되는 곳이라 꿰매지
않고 퇴원하였다. 그런데 1개월이 지나도 붙지 않아 고생하였다. 원인
을 찾기 위해 다시 환부를 열어 결핵 검사까지 하였다. 이상 소견이 없
어 메디폼 부착으로 완치되었다.

산딸나무의 발아

오늘도 여름의 태양이 뜨겁게 내리쬔다.

동네를 산보하는데 이마의 땀방울이 걸음걸음마다 양 볼을 스쳐 흐른다. 금방 속내의까지 축축하게 젖었다. 피부까지 끈적끈적하다. 더이상 도저히 걷기가 어려웠다. 잠시라도 벤츠에 앉아 쉬면서 땀 좀 식히고 싶은 마음뿐이다. 마침 대교 공원이 눈에 보였다. 이곳은 초입에서부터 하천을 따라 동서 방향으로 약 500여 m 벚나무 길이 조성되어 있다. 매년 봄철이면 아름다운 벚꽃길로 변한다. 그때마다 들르는 곳으로 나에게 친근한 곳이다.

벚나무 길을 따라 걷다 보니 공원 안쪽의 소나무 숲에 도착하였다. 그런데 소나무 밑 땅바닥에 처음 보는 붉은 색의 열매가 수북하게 떨어져 있다. 소나무의 열매는 솔방울이라 한다. 그리고 솔방울은 가을까지 청색이어야 한다. 그런데 그 모양과 색깔이 다르다. 그렇다면 이것은 누구의 열매일까? 궁금한 마음에 주변을 살펴보았다. 마침 소나무 숲 근처에 잎이 넓은 활엽수 한 그루가 서 있음을 발견하였다. 빠른 걸음으로 그에게 다가갔다. 그리고 땅에 떨어진 열매와 똑같은 열매가 맺혀 있었다.

　그 자리에서 손에 닿는 열매 하나를 땄다. 그 후 그 열매를 엄지손가락과 집게손가락으로 지그시 눌렀다. 물컹한 느낌과 동시에 빨간색의 표피가 터지며 노란색의 과즙이 나왔다. 그와 동시 나도 모르게 원초적인 호기심이 발동하였다. 즉시 그 과즙을 입에 넣고 맛을 보았다. *입안에 미세하게 달콤한 맛이 감돌았다. 다만 작은 모래가 씹히는 듯한 자극은 있었지만 조금 지나자 사라졌다. 궁금하여 네이버 지식인에게 문의 결과 산딸나무로 식용할 수 있는 열매임을 확인하였다. 바닥에 떨어진 열매 한 개를 주워 와 뭉개자 열매 하나에서 조그마한 씨앗 네 개를 얻었다.* 그 열매를 화분에 파종하였다.

　어느덧 1년이 지났다. 놀랍게도 작년에 파종한 네 개의 화분에서 모두 싹이 돋았다. 성장도 무척 빨랐다. 지구 온난화가 가속화되는 시대에 한 가정에 한 그루 나무를 키우면 좋은 효과가 있으리라는 생각으로 이웃과 친구에게 한 그루씩 나누었다.